不换

蔡智恒 著

九州出版社
JIUZHOUPRESS

不换

蔡智恒 著

九州出版社
JIUZHOUPRESS

目录

C o n t e n t s

如果可以选择改变生命的记忆，
那么，有你的这一段，不换。

《不换》

1

时间之于我，只有昨天、现在，以及一个月内的未来的差别。
至于前天、上周、上个月、去年……
无差别地放进谁也触不着、开不了的记忆仓库，任它尘封。

但有些人、某些事，总能像凭空出现的钥匙，缓缓转动深锁之门。
让我轻而易举地想起，几年又几个月前，发生了什么事。
如果拿出我的智能手机，用里面的计算机 App，
我还能说出那是几千天前，或几十万小时前，
或几百万分钟前，或几亿秒前发生的事。

正如现在接到的电话，就像那凭空出现的钥匙，直接打开记忆仓库。
于是我马上就能知道，已经有多久没听到这个声音。
十四年又五个月，五千多天，十二万多个小时，七百五十几万分钟，

四亿五千多万秒。

“你现在可以看到彩虹吗？”

转头看向窗外，刚下过一阵雨，远处天空挂着一道朦胧的彩虹。

“看到了。”我说。

“嗯。那能不能请你帮个忙？”

“可以。什么忙？”

“我 E-mail 告诉你。”

“好。”

然后我们同时沉默，时间很短，但已经足以让我惊讶刚刚的不惊讶。

突然接到她的电话，我竟然可以流畅而自然地应对，

完全没有慌张、兴奋、疑惑、恍惚、不真实、违和感。

好像时间从没流逝，好像日子从没改变，

好像逝去的十四年又五个月只是十四分钟零五秒，

好像我们只是睡了很长很长一觉然后醒来，

好像只是电影剪辑般剪掉一大段空白后重新接上，

好像关于我们之间只是曾按了 Pause 而现在按下 Play，

好像我们只是从十四年又五个月前一起坐时光机来到现在，

好像……

好像我们从没分离过。

“你在干吗？”她终于打破沉默。

“跟你讲电话。”

“可以说点有意义的话吗？”

“什么有意义的话？”

“就是不要废话。”

我突然词穷，不知道该说什么。

原来逝去的十四年又五个月还是有意义的。

但如果我说我们已经五千多天没见面了，可能也是没意义的话。

“快。我在等你说。”

等我说？

等我说为什么这十二万多个小时都没音讯？

可是突然音信全无的人是她啊。

难道是在等我问她为什么？或是等我骂她？

“你怎么知道我的手机号码？”

“我猜你没换号码。”

“嗯，没换。但我的 E-mail 早换了，你知道我现在的 E-mail？”

“我当然不知道。”

“咦？那你怎么 E-mail 给我？”

“所以我在等你说你的 E-mail 呀。”

噢，原来是指这种等。

我念了我的 E-mail 给她，她要我看完信再说，就挂了电话。

然后我想起她，还有我们之间，回忆的浪潮瞬间将我吞没。

我突然忘了时空，忘了现在是何时，忘了我人在哪里。

如果我是一只鸟，此刻一定忘了摆动翅膀，于是失速坠落。

整个失速坠落的过程，跟遇见她的过程一样。

收到她寄的信，口吻像个老练的项目人员，很客气清楚地说明公事。

她承接一个计划，计划领域跟我的背景相关，想找我帮忙。

以前我们之间完全没有公事可言，对于这样的她实在很陌生。

反而刚刚那段莫名其妙的对话，不仅不陌生，还觉得很熟悉。

信尾她留了手机号码，还加上几句话：

“这计划不好做，但是找到你，我心安了许多。看完后跟我说，

我打给你，感激不尽。”

这几句话才是我所熟悉的她，但“感激不尽”还是让我觉得生疏。

我很难静下心来厘清自己的思绪。

因为只要想到她，她的声音总会在脑子里乱窜。

有些东西是假的，比方吴宗宪说林志玲喜欢他。

有些东西可能是真的，比方林志玲说她从没整过形。

有些东西应该是真的，比方林志玲说她很想赶快结婚。

但总有些东西是真的，而且是如同太阳般闪闪发亮地真。

比方现在坐在计算机前看信的我，正毫无保留地想着她。

终于看完简短的信，也读完信里夹带的附件。

我打她手机，结果如我预期，她没有接听。

她以前没手机，曾给我三组号码，家里的、住宿地方的、亲戚家的。

我常循环拨打这三组数字，但通常找不到她。

没想到她有手机了，我仍然找不到她。

想用 E-mail 回她时，手机响了。

“信看完了？”她说，“没问题吧？”

“嗯。没问题。”

“没问题怎么不回信给我？”

“我刚刚就在打你手机啊。”

“我信里说：我打给你。是我要打给你。”

“有差吗？”我说。

“有。是我麻烦你，所以当然是我打给你。”

“有差吗？”

“有。电话费要算我的。”

“有差吗？”

“你再说这句我就挂电话。”

“这是麻烦人帮忙的态度吗？”

“如果你不喜欢我的态度，你可以不帮。”

“噢，我好喜欢你的态度。”

她没接话，停顿了一下。

“你不要再突然挂电话了。”我说。

“你记错人了。”

“我没记错。”

“少来。这么多年来你一定认识很多女生，记错很正常。”

“你少无聊。”

“如果你觉得无聊，我可以挂电话。”

“我觉得好有趣哦。”

她又停顿了一下。

“不要再突然挂电话了。”我说。

“又记错人。”

“可不可以不要老是说我记错人？”

“可以。只要你不记错人。”

我叹了一口气，没有接话。

“为什么叹气？如果不想再说，我可以挂电话。”

“你挂吧。”

“嗯。”

电话断了，很干脆的响声。

一如七百五十几万分钟前那样干脆。

本来有种大概就这样又结束了的感觉，但想起这次是公事，

可能会不一样吧。

把她的手机号码加入通信录后，Line 里面出现一个新好友，是她。
她的头像是一张彩虹照片，很像我今天下午看见的那道彩虹。
想起她今天下午的开场白，虽然觉得莫名其妙，但那就是她的样子。

下班开车、回家吃饭洗澡，不管做什么，脑子里总是荡漾着她的声音。
几经挣扎，在睡觉前终于 Line 她。
告诉她关于那个计划的一些想法，而这本来是那通电话该说的。
没多久她就回 Line，我原以为早已是上班族的她这个时间应该睡了。
虽然四亿五千多万秒前我们都是夜猫子。

她在 Line 里的文字，婉转多了，也健谈多了，
甚至还用“谢谢你”的贴图。
Line 是我们以前从没用过的联络方式，这让我有种重新开始的感觉。
时代变了。
如果时代没变，那就是我变了。

“最近好吗？”我回。
“最近是指多近？”
“一年内吧。”
“工作很忙，其他还好。”
“那你现在住哪儿？”
“我搬回来跟我妈住了。”
“你妈？”
“对。亲生的妈。”

啊？那我们又在同一座城市，仰望相同的天空了。

“你搬回来多久了？”

“忘了。好几年了。”

“那你为什么没跟我说？”

“有必要吗？我们又不用见面。”

“见个面有那么罪大恶极吗？”

“你眼睛有问题吗？我只说没必要，没说罪大恶极。”

“那现在因为要做计划，总可以见面吧？”

“还是没必要。有手机和 Line 就足够了，不用见面。”

“可是我想见你。”

“你记错人了。你想见的人不是我。”

“我现在去找你。15 分钟后，在你家楼下碰面。”

“你疯了吗？现在是半夜两点！”

“看过日剧《现在，很想见你》吗？”

“没看过。”

“里面有句对白：既然遇见了你，我就无法带着这份回忆去过另一种人生。所以现在，我下定了决心，去见你。”

“这对白很无聊。”她回。

“反正我现在去找你。”

“请不要在半夜两点发神经。”

“总之，我 15 分钟后到。”

“你来了，我也不会下去。”
“你可以不下来，但我会一直待在楼下。”
“我不接受威胁。”
“这不是威胁。我是在你家楼下把风，最近小偷多。”
“那不叫把风。把风的是小偷的同伙。”
“你说得对。这么晚了你脑筋还很清楚。”

“很晚了。有事明天说。晚安。”
“我要出门了，你可以开始计时。”
“你听不懂吗？不要来。”
“要开车了。”
关掉手机屏幕，随手搁在一旁，我发动车子走人。

在这城市开车的人，在街上跟陌生人的默契可能比跟老朋友还要好。
尤其在这样的深夜，一到只闪黄灯的路口，谁要先走谁要等，
只要车头灯互望一下，就有默契了。
而我跟她，或许情感曾经浓烈，或许彼此有很多共同点，
但似乎很少有默契可言。
然而一旦有默契，那些默契就像誓言般神圣。

其实只开十分钟就到了，不是我高估到她家的距离，也不是我开得快，
而是她很讨厌迟到，只要迟到一分钟她就会抓狂。

没想到过了十四年又五个月，高估她要等待的时间，
或者在约定时间前到达，仍然是我对她的反射性动作。

虽然正处于存储器不足、需要记得的事却不断增多的年纪，
但即使记忆力下降和需要记忆的东西如滚轮般不断转动，
仍然有一些记忆已化为血液安静漫流，时间拿它没辙。
五千多天也没改变我对这里一草一木的鲜明记忆。
唯一的差别，以前机车总是骑进巷子，而现在车子只能停在巷口。

下了车，打开手机，有两则未读讯息：
“你真的开车了？”
“很晚了，不要出门。我是为你好。”
“我到了。”我回她。
然后静静等待手机屏幕出现回应，像过去的十二万多个小时一样。

“我下去。”
我的视线突然一片模糊。

铁门缓缓开启，等她探身而出的时间对我而言最长，
虽然物理上大概只有三秒钟。
在夜色下看不清她的脸，只感觉她好像瘦了，头发也变长了。
她朝我走了几步，街灯映照她的脸，我才看清楚她。
七百五十几万分钟也不曾稀释我对她脸庞的熟悉。
但我忽然觉得，上次见到她已经是 100 年前的事了。

“去 7-11 吧。”说完她转身就走。

看着她的背影，我又觉得好像什么都没变，仿佛她刚从教室出来，

而我只在 M 栋侧门水池边等了她五分钟而已。

她领着我穿梭在黑暗的巷弄，静谧的深夜里只有我们细碎的脚步声。

“哎哟，这边走，快一点。”她似乎有些惊慌。

“怎么了？”我问，“你怕黑？”

“嗯。”她点点头。

“你胆子这么小？”我很惊讶。

“我本来就胆小，只是脾气坏而已。”

我笑了起来，她瞪了我一眼。

笑声一停，我又恢复惊讶状态。

我完全没有她胆小或怕黑的印象啊。

莫非那四亿五千多万秒还是夺走了我对她的某些记忆？

穿过这片纯粹的黑暗后，右转十几步终于到达大马路，

再左转经过三间房子就到 7-11。

“你想喝什么？”她问。

“一碗孟婆汤。”我说。

“如果你那么想忘掉我，我可以帮忙。”她说。

“不是忘掉你，是忘掉分离的那段时间。”

“我们多久没见了？”

“十四年又五个月，五千多天，十二万多个小时，七百五十几万分钟，四亿五千多万秒。”

“有这么久了？”她说。

“你不记得吗？”

“忘了。”

“你竟然忘了？”我很惊讶。

“这很重要吗？毫无音信也能照常过生活，所以记得已经多久没见很重要吗？”

“确实不重要，忘了就忘了。”我有点泄气。

“你坐一下，我进去买。”她转身走进 7-11。

骑楼有两张圆桌，一张桌子上有两瓶空的啤酒易拉罐，

还有一个装了咖啡渣的纸杯，杯子里插了五根烟屁股。

另一张桌子上除了空啤酒罐外，充当烟灰缸的纸杯插满了烟屁股，

还有一个吃剩一点点的塑胶碗，之前装的应该是某种咖喱饭。

我选择没有咖喱饭的那张圆桌，坐了下来。

久别重逢的场景选在这里，看来是凶多吉少。

她拿了两杯饮料走出来，一杯放在我面前，然后在我对面坐下。

骑楼的灯光算明亮，足够让我看清楚她的脸。

二十几岁的我，始终觉得二十几岁的她是美丽的。

而现在三十几岁的我，只觉得三十几岁的她很熟悉。

虽然我才看了三十几岁的她几分钟。

有些人你看了一辈子，只要几天不见，再看到时瞬间会感觉陌生，但有种人是即使多年不见，重逢的瞬间，连气味都依然熟悉。

没想到她属于后者。

“这不是咖啡？”我喝了一口。

“你有说要咖啡吗？”

“没有。”我说，“但你应该记得我喜欢喝咖啡吧？记得吗？”

“为什么我该记得？”

“所以你忘了？”

“没错。我忘了。”

我又觉得泄气，没回话，只是看着她。

“这是抹茶。”她说。

“好甜。”

“我喜欢喝甜的。”

“我记得。但我不喜欢喝甜的。你记得吗？”

“忘了。”

“你又忘了？”

“如果已打算一辈子不相借问，还需要记得你不喜欢什么吗？”

我看了一眼隔壁桌，感觉坐在那桌应该会比较符合现在的气氛。

“陪我一起喝抹茶很痛苦吗？”

“不会。”

“不喜欢喝就别喝，我没逼你。”

“我知道你没逼我。”

“但你的表情在说：这女生还是一样任性，都不管别人要什么，只管自己要的自己喜欢的。”

“我的表情有说出那么复杂的话吗？”我摸了摸自己的脸。

“有。”她说，“你以前就是这样，什么话都不会说，但表情却说了一大堆。”

“你记得这个？”

“废话。”

“是记得的废话，还是不记得的废话？”

“1。”

“你忘了一堆，却记得这个？”我很纳闷。

“谁说我忘了一堆？”

“你啊。你刚刚一直说忘了。”

“因为你老是问我记不记得，好像我应该不记得似的。既然你觉得我应该不记得，那我就顺你的意，说忘了。”

“我只是问，没有别的意思。”

“最好是，你心里明明有答案了。你的表情已经说明了一切。”

“我表情的口才这么好？这么会说话？”我又摸了摸自己的脸。

“你的脸没变。”她说。

“是吗？”我问，“都没变老？”

“嗯。”她说，“但我一定变老了。”

“没啊。你也没变。”

“最好是。你的表情……”

“喂。”我打断她，用力把脸皮拉直，“别再牵拖我的表情了。”

“但有一点，你明显变了。”她说。

“哪一点？”

“决断力。”

“什么意思？”

“你在半夜两点说要来看我，我原以为是开玩笑。”她说，“没想到你说来就来，我说什么也没用。这种决断力，你以前没有。”

“我以前没有吗？”

“没有。”她摇摇头，“如果你有，我们之间就不是现在这样了。”

我陷入沉思，她也不再多说。

“那你觉得你有变吗？”我先打破短暂的沉默。

“有吧，变得比较愿意让你知道我在想什么。”

“有吗？”

“有。”她说，“可能在你眼中我只是轻移莲步，但对我而言已经是跨出了马拉松等级的距离。”

“你这样的改变很好。”我说，“我以前常常不知道你在想什么。”

“那是你不用心。”

“怎么会是我不用心？你几乎什么事都不说啊。”

“我有语言表达障碍，你应该用心感受我，而不是期待我告诉你。”

“你哪有语言表达障碍？你表达不爽时很直接，而且是一刀毙命。”

“你记错人了。”

“我没记错，就是你啊。你不爽时说话的文字超锐利、超精准。”

“你每次这样说，我都很想马上走人。”

“好，对不起。但即使我没这样说，你也常常莫名其妙地离开。”

她突然站起身往右转，我条件反射似的从椅子上弹起身，

伸出右手放在她左肩上。

“坐下好吗？我们都三十好几了，已经没有另一个十四年了。”

她转过来，用深邃的眼睛望着我，虽然很短暂，但我看见了不舍。

这么多年了，我还是会溺水，因为我总是游不出她的眼神。

她缓缓坐下，我松了一口气，也跟着坐下。

“突然又遇见你，我完全没心理准备。如果我因此显得笨拙、失态、语无伦次，请你原谅我。因为我从未想过能再与你相遇。”

“我也没想过我们会再碰面。”

“我会问你：记得吗？不是觉得你应该记得，而是期待你记得。只能期待，毕竟这么久没见了。”

“你不用期待，我当然记得。”她说。

“真的吗？”

“不相信就别问。”

“我没有不信，只是惊讶。”

“少来。你明明不相信。”

“多去。我暗暗有怀疑。”

“你说什么？”

“对联。你出上联，我对下联。”

“神经病。既不工整，意思也莫名其妙。”

“抱歉，一时之间对不出来。”

“你信不信无所谓，反正是事实。”

“我信。真的。”

她看了我一眼，没再多说。

“谢谢你肯下来见我，真的很感谢。”我说。

“最好是。”她瞪了我一眼，“你明明知道我一定会下来。”

“我怎么可能知道？以前你就常常完全不理我啊。”

“你记错人了。”

“是你没错啊。你只要不想理我，就很冷酷无情耶。”

“没想到在你心里我这么糟糕。”

“我没说糟糕，是赞叹你的意志很坚强。”我说。

“那我应该再展现一次坚强意志给你看。”

“千万不要。”

“真的不要？可以重新回味一下从前哦。”

“现在已经在回味了。”

我们同时静默，好像终于意识到这是久别重逢的场景。

不是像以前那样，每一次见面都是理所当然。

今晚的一切，每分每秒，就像是中乐透头奖，

都是过去那一大段空白的日子里做梦也梦不到的恩宠。

“为什么这么晚了你还肯下来见我？”我问。

“因为你不一样。”

“不一样？”

“即使是我重要的朋友，在这种时间我不会回Line。如果是很重要的朋友，我虽然会回 Line，但不会下来碰面。”

“所以我是？”

“笨蛋。就表示你比很重要的朋友还重要。”

“可以表达得更明确一点吗？”

“我不想说了。”她说。

7-11 的男工读生走过来，他的年纪跟我和她初识时的年纪差不多。

我和她初识时，是自以为知道爱情是什么但其实并不懂的年纪。

而现在重逢时，是好像懂了爱情却已经失去天真和勇气的年纪。

相爱的时候我们都不懂爱情，懂得爱情后却错过可以相爱的时间。

他收走啤酒罐，用抹布擦了擦桌子，也拿走插了烟屁股的纸杯，

换上另一个装了一半咖啡渣的纸杯。

现在这桌子好像适合久别重逢的场景。

如果再来个烛光或插着玫瑰花的花瓶就完美了。

“有卖蜡烛吗？”我问。

“没有。但是有手电筒。”他回答。

“有玫瑰花吗？”

“有。但那是手工肥皂。”

“嗯。谢谢。”我说。

他点了点头，便走进7-11。

“神经病。”她说，“你问那些干吗？”

“你记不记得有次我送你三朵红玫瑰？”

“你记错人了。”

“你怎么老说我记错人？这是你的口头禅吗？”

“因为是五朵。”她说，“而且是粉红玫瑰才对。”

“是吗？”我有点惊讶。

“我收到的是五朵粉红玫瑰，三朵红玫瑰应该是你送给别人的。”

“不要乱说。”

“如果你觉得我乱说，那我就不说了。”

“那我该怎么办？说你乱说，你就不说，可是我明明没记错人啊。”我有点激动，“你收到花后面无表情，只说：买花实在没必要。”

“我说了，我有语言表达障碍。”

“这哪里有障碍？”

“我很不擅长用语言表达喜悦。”

“所以你那时其实是高兴的？”

“废话。”

“是高兴的废话，还是不高兴的废话？”

“ l 。”

“那你也有表情表达障碍吗？”

“表情？”

“因为你的脸常常面无表情，或是冷冷酷酷的。”

“那是对你。”

“为什么？”

“因为我不想对你泄露太多。”她说，“今晚应该是我对你泄露最多的时候了。”

很多事跟青春一样，回不去了。

就像今晚，即使终于在她愿意泄露的情况下，知道了很多以前不知道的事。

但除了可以恍然大悟外，或许再加上感慨，还能做什么呢？

我有改变，她也有改变，但过去的事实始终不会改变。

“如果我们之间发生 100 件事，这么多年后我可能记得 80 件，你记得 70 件。扣掉我们同时记得的，剩下的就是我记得你不记得或你记得我不记得的事。如果我们两相对照的话，回忆就更完整了。”

“你的比喻不好。”她说，“因为我记得的一定比你多。”

“可是你以前常称赞我的记忆力很好耶，而且比你好。”

“嗯。跟你的好记性相比，我通常简单回答：忘了。但关于你的所有记忆，我不是忘了，只是不想碰触。”

她喝了一口抹茶，若有似无地看了我一眼后，再喝一口。

“我曾经以为，忘了最轻松，不用背负当时的遗憾，以及无法遗忘的重量。现在突然再联络上你，我才发现，没有说出口的遗憾，其实一直都在。”

“遗憾？”

“这些年来，我脑海里常常浮现一个画面。”

“什么画面？”

“那时我在台北补托福，有次下课后你送我回去。”

“我记得，因为只送过那么一次。但走到巷口时，你坚持要自己走，不让我跟。还要我赶紧离开。”

“嗯。”她点点头，“我独自低头默默走了很久，没回头。”

“我知道。因为我一直注视着你的背影。”

“我其实知道你没走，一定待在原地看着我。”

“就这个画面？”

“嗯。”

“这画面有特别的意义吗？”

“不知道。”她摇摇头，“但这些年来，我常莫名其妙地想起这画面。而且每当想起你，一定都会伴随着这个画面。”

“嗯……”我想了一下，“你觉得为什么你会常想起这画面？”

“可能是觉得遗憾吧。”

“什么遗憾？”

“我那时应该回头的。”

我们互望了一眼，仿佛时空同时回到那年那晚的那个巷口。

“无论时间过了多久，那个画面始终不曾模糊。仿佛不断催促我，

我应该回头，如果我回头，一切都会不一样了。”

我陷入沉思，没有接话。

那个飘着蒙蒙细雨的夜晚，我们都没带伞。

站在一盏水银灯照射下的巷口，她坚持要独自走完剩下的路。

而我只能看着她的背影越来越暗、越来越淡，最终消失不见。

“我那时应该回头的。”她现在说。

“我那时应该追上去。”我现在说。

“我喝完了。”她摇了摇手中的杯子。

“我还剩一半。”

“等你喝完，我再说。”

我用吸管猛吸抹茶，还没感觉到甜味，液体已滑进喉咙，

直到听见清脆的声响。

“喝完了。”我说。

“在很久很久以前，我是真的喜欢你。”她说。

“我知道。”

“在我们分离的这段时间，我对自己说过，如果将来有一天，我能再与

你相遇，我一定要告诉你，我曾经很喜欢很喜欢你。”
我微微点了下头，没多说什么。

“现在也是。”她接着说。

就算是 forget，至少曾经 get。

就算是 lover，最后还是会 over。

我记得很清楚，第一次遇见她的时间。

我的记忆仓库里有个钟，原本正常运转，记录人生大小事，
但在遇见她的那一刻，这个钟突然受重击、被敲坏，
时间从此停留在那一瞬间。

还好那时是夏天，而且是盛夏。
我不喜欢回忆，但如果必须回忆，宁可回忆夏天的事。
冬天太冷，如果再加上一点悲伤的氛围，回忆时很容易发抖。

那是我升大四的暑假，有天我去找在南台科大念书的初中同学。
这么比喻好了，假设我为A；
在南台科大念书的初中同学陈佑祥，为B；
陈佑祥的女友李玉梅也在南台科大念书，为C；

李玉梅的小学同学林秋苹，为D。
D就是敲坏我记忆仓库里那个钟的人。

就像英文字母的排序，要经过B与C，A才可以碰到D。
在那个炎热的上午，D陪着她表妹去南台科大参加围棋比赛，
于是D顺便去找C，C拉了B，刚好去找B的A也在。
但到了现场才发现比赛地点其实在台南高商。

我心想，南台科大和台南高商差很多吧？
“之前明明通知比赛地点在南台科大呀！”林秋苹对我说，
“你以为我骗人吗？”
“我什么都没说啊。”我说。

然后她骑机车载表妹赶去台南高商，没过多久我也离开南台科大。
骑机车骑了十分钟，看见路旁的她在大太阳底下推着机车走。
“怎么了？”我骑到她身旁，问。
“我在撒哈拉沙漠里拉着生病的骆驼找绿洲。”她说。
“什么？”
“你不会看吗？”她没好气地说，“机车抛锚了，我要找机车店修理。”

“比赛都快开始了，哪有时间修理机车？”
“不然你教我呀，你教我怎么做？”
“先把你的车停好。”我说，“我载你们去。”
“我们有两个人耶！”

“三贴就好。你表妹才小学三年级，体积不大。”
“你意思是我体积大？”
“车停那边。”我不理她，指着路旁一块空地，“然后上我的车。”

我载着她们，火速赶往台南高商。
一进校门，便见人来人往、热闹非凡，很多家长陪着小孩来比赛。
教室走廊、有阴影的角落，都坐满了人，好像大学联考时的考场。
我心想，大家都知道在这里比赛啊，她怎么跑去南台科大？
“之前明明通知比赛地点在南台科大呀！你以为我骗人吗？”
“我什么都没说啊。”我说。

围棋比赛在体育馆内举行，闲杂人等不能进去。
她急忙拉着表妹去报到，虽然已错过比赛的开幕式，
但总算在比赛前三分钟把表妹送进体育馆，她终于松了一口气。
我陪着她想找块阴凉的角落休息，但根本找不到净土。
别人都是自备椅子和扇子，再寒酸的起码也带了报纸铺在地上，
而她却两手空空，什么也没带，连水也没带。
我们只能勉强在一处洒了点点阳光的楼梯旁席地而坐。

“你意思是我体积大？”
“你还有心情问这个？”
“为什么没心情？”
“你表妹可能要比一天，你坐在这里撑得过一天吗？”
“为什么不行？”

“光坐在地上无聊没事可做，就可以闷死你了。”

“我不会觉得无聊。如果你觉得无聊，你可以走，我没要你留下。”

她这么说，我反而觉得如果我走了留下她一个人，很没道义。

“我陪你说说话，度过这一天。”

“不需要。”她说，“你载我们来，已经足够了。”

我心想，这女孩真的很难相处，浑身是刺。

“你如果觉得我很难相处，你可以离开。”

“我什么都没说啊。”

“之前明明通知比赛地点在南台科大呀！你以为我骗人吗？”

“我什么都没说啊。”

“最好是。你的表情已经说明了一切。”

“我的表情？”我摸了摸自己的脸。

“对。”

“我的表情有怎样吗？”

“就是有那种觉得我很难相处、觉得我骗人的表情。”

“你这是栽赃吧？”

“那我不说了。”

她说完后，还真的转过头，看着远处不说话。

我不知道怎么办。

走也不是，留也不是，也只能看着远处不说话。

只不过我的远处和她的远处，两个远处距离好远好远。

我回想起今天遇见她的过程，没有预期，也没有心理准备。
原以为只是跟她擦身而过，没想到现在几乎并肩而坐。
可惜没交谈，好像少了点什么，应该要发生些什么才对。
然而跟她交谈的过程宛如穿越荆棘丛，很难不扎到刺。
正在思考该怎么说话才能避开刺，左肩突然被碰触。

转过头，发现她双眼闭上身子瘫软地靠着我的左肩。
我吓了一跳，摇了摇她，她好像意识不清，嘴里模模糊糊说些话。
看她额头出了些汗，便摸了摸她的额头，很烫。

我赶紧将她轻放在地上，跑去不远处卖冷饮的小摊位，
买了两瓶冰凉的矿泉水和一瓶运动饮料。
然后将她的后颈枕在我的左手臂弯，打开一瓶矿泉水，
将冰凉的水淋满她的脸和上半身。另一瓶矿泉水则贴着她的额头降温。
打开运动饮料，掰开她的嘴，将瓶口贴住她的下唇，缓缓喂她喝。

喂了十几口后，她咳嗽两声然后睁开眼。
她先是一脸迷惘，随即发现身上的衣服都湿透了，惊呼：
“我身上怎么都湿了？”
“我在你身上浇了水。”我指着地上的一个矿泉水空瓶。
“浇水？”她有些疑惑，“我看起来像花吗？”
“很像。”我笑了笑。

她挣扎着想起身，但身体虚软，试了两次都没成功。

“抱歉。”我拿走贴着她额头的矿泉水瓶，将她上身扶正坐起，“刚刚浇水是因为要帮你散热。”

“我怎么了？”

“应该是中暑了吧。”我说，“可能还需要口对口人工呼吸。”

“你敢？”

“嗯。”我点点头，“我确定你的意识完全恢复正常了。”

我把运动饮料拿给她，要她喝完。

这里不够阴凉，我想再找个地方，便问她能不能站起身。

但她双腿似乎无力，站不起身。

“我背你？”

“你疯了？”

“你需要阴凉的地方休息，我背你是权宜之计。”

“那我宁可死在炎热的地方。”

“你的运动饮料还有吗？”

“还剩一点。”她摇了摇手中的宝特瓶，“你要喝吗？”

“嗯。”我点点头，“因为我无言（盐）了。”

“神经病。”她直接喝光剩下的运动饮料。

我把刚贴着她额头的矿泉水喝掉，再去买瓶冰凉的矿泉水，让她拿着贴额头或贴脸。

“幸好你中暑，我今天才不会无聊。”

“你竟然说幸好？”

“是啊，幸好你中暑，原本没事可做的我才可以急忙去买冰水和运动饮料，喂你喝还帮你降温，心里还想着如果你没醒过来就要送你去医院。有这么多事可以做和可以想，我就不会无聊了啊。”

“谢谢你。”她缓缓开口。

“不客气。”我笑了笑，“但你可不可以帮我一个忙？”

“什么忙？”

“让我背你去更阴凉的地方吧。”

“可是你说我体积大。”

“我哪有说？你的体积不大啊。”

“最好是。你明明觉得我体积大。”

“不管明明或暗暗，在我看来你很瘦啊。”

她没回话，好像正在思考。

我直接蹲下身，转头说：“上来吧。”

她双手抓住我的肩膀，我双手钩着她的小腿肚，然后起身。

走了没多久，立刻有人让出阴凉的角落，还给了垫子和抱枕。

我让她躺下，折了几张报纸充当扇子，帮她扇风。

“为什么说我很像花？”她问。

“因为突然想起一句话。”

“哪句？”

“你不知道你是多么美丽，你像花儿一样盲目。”

“这是泰戈尔的诗句。”

“嗯。但很适合形容你。”

她没回话，只是眼睛眨了一下。

可能是我的错觉吧，我仿佛看到一朵山野间的花，

毫无顾忌、盲目张扬、慵懒优雅地绽放着。

2

不知道是因为睡得少，还是昨夜的相见太梦幻，
早上起床后有种不知今日是何日的恍惚。
啊，其实不能说昨夜，要说今天凌晨才对。
看来我醒了。

因为公事，才有见面的机会。
没想到见了面，却完全没谈到公事。
打开信箱，发现她寄来的信：

谢谢你愿意协助并担任本计划案的顾问。目前也有几位和你一样具有实务经验的人愿意提供协助。但愿借这计划我们能多互动，也希望你能多帮忙，更请你多指教。

就这样没了?

既没附件也没其他文字，而且她寄信的时间应该是凌晨刚回到家。

看来她不只有语言表达障碍、表情表达障碍，她还有文字表达障碍。

刚看到这封信的瞬间，心里还期待或许她又愿意“泄露”些什么，

但我想不能多期待了，毕竟威猛的老虎不会变成柔顺的兔子，

即使过了十几年。

指教不敢当。只希望我们互动的方式可以不要那么客气。

我回了信。只这样写。

快下班时，收到她传来的 Line：

“你不喜欢我客气？”

“你是太客气了，感觉很生疏客套。”

“原来你喜欢我不客气。那好，我们不要再联络了。”

“啊？”

“这就是我不客气的方式。”

“你误会了。我是指我们之间不需要客套。”

“是你误会。你把我的诚意当作客套。”

“请你息怒。不要动不动就说不要再联络了。”

“我没生气，只是照你的意思做而已。”

“你会照我的意思做？”

“对呀，当然照你的意思。你希望不客气我就不客气。”

“好，那我的意思是出来吃个饭。照我的意思做吧。”

等了几分钟，依然是已读不回状态。

“在考虑去哪儿吃吗？”我回。

“考虑这干吗？”

“你不是说会照我的意思做？我刚刚说了：出来吃个饭。”

“那是你的客气客套，不是你的意思。”

“你为什么老是这么不讲理？”

“如果觉得我不讲理，可以不要再联络。”

“你讲话好有道理哦。”

又是已读不回状态，等了 20 分钟后决定开车回家。

刚上车又看了一眼手机，还是没任何新讯息。

忍不住打了她手机，但她没有接听。

五分钟后等红灯时再打一次，结果还是一样。

唉，以后真的要小心翼翼回话了。

但再怎么小心好像也会踩到地雷，搞不好也没小心的机会。

因为可能也没“以后”了。

心情闷到爆，得小心开车，不然看到机车乱钻时我可能不会踩刹车。

没想到手机响了，她打来的。

“你知道大菜市包仔王吗？”

“不知道。怎么了？”

“我想去那里吃意面。我最喜欢吃意面了。”

“你最喜欢吃意面？我怎么不知道？”

“这很正常。关于我的好恶，你总是不知道。”

“喂，别这么说。”

“如果你不喜欢听，那我不说了。”

“我很喜欢听。”

“但我不想说了。”

在彼此沉默只听得见轻微呼吸声的五秒钟过后，我开口：

“你一个人去吃吗？”

“废话。”

“是一个人的废话，还是跟人去的废话？”

“1。”

“那我也可以去吃吗？”

“你都几岁的人了，你想去哪儿吃我管得着吗？”

“好。那我也去。”

“我现在要开车，20分钟后见。”

合上手机，上网查了一下那家店的地址，估计从我现在的位置到那里，只要10分钟。

可是她从上班的地方开车过去，应该要半个钟头吧。

她对需要花多少时间到达某个地方，总是会低估。

她这点我很清楚，以前常因这样多等了她一些时间。

咦？这些细节我都记得，但为什么她最喜欢吃意面这么明显的特点，我却一点记忆也没有？

我顺利抵达，停好车后在店门口等她。

依她的估计，我大约还要等 10 分钟。但依我的估计，至少 20 分钟。

果然 20 分钟后手机响起。

“你知道西门路怎么走吗？”她问。

“西门路很长，你在哪儿？”

“我在府前路。”

“府前路也很长，你大概在哪里？”

“你什么都说很长，有短的吗？”

“有。比方人生，还有爱情也是。”

“好好讲话，我差点撞车。”

“小心开车。你在府前路是向东还是向西开？”

“我如果知道我随便你。”

“你要不要干脆用 GPS 导航？”

“我才不要让 GPS 操控我的方向。”

“但你完全没方向感啊。”

“我知道。等一下，我看到西门路口了，要右转还是左转？”

“我如果知道我随便你。”

“快！右转还是左转？”

“右转。”

“好。”

“喂，我是用猜的。”

“无所谓。反正听你的。”

“你不要让 GPS 操控方向，却让我决定方向？”

“你如果觉得这样不好，我可以都不听你的。”

“这样很好，听我的话好。”

“方向对了，但还没到。”她说。

“只要方向对了，就不怕路有多遥远。”

“但你不是我人生的方向。”

唉，她还是习惯维持低温，十几年了也没改变。

但我的心脏可能不像十几年前那么耐冷了。

“我是你的什么方向？”我问。

“我不想说。”

“好吧。我在店门口等你。”

“嗯。先这样。”

她合上手机，我安静地等她，像以前一样。

没想到这种等待她出现的感觉也非常熟悉。

我们真的已经分离十四年又五个月了吗？

她远远走来，穿着牛仔蓝连身裙，吸走了骑楼所有的目光。

她虽笔直往前走，但视线不是向左就是向右，从不看前方。

以前我常跟她说这是坏习惯，她总回：“等撞到人再说。”

但她从来没有撞到人或是撞到东西。

我悄悄向前，躲在一根柱子后方。

在她距离我只剩三步时，我迅速往右移动，让她撞个正着。

她吓了一跳。

“走路要看前面。”我说。

“人生才要往前看，走路不必。”

“这样危险，会撞到人的。”

“等撞到人再说。”

“那你可以说了，因为你刚刚就撞到我了。”

“是你来撞我。”

“你还是改掉这个坏习惯吧。”

“这不是我的习惯。”

“可是每次我等你迎面走来时，你都是看左看右，从没看前面。”

“因为我不想接触你的视线。”

“为什么？”

“不想让你看见我紧张的样子。”

“你看见我会紧张？”

“我已经说了。”

她在我心里的分量毋庸置疑，这十几年来我常在脑子里看见她。

但她的某些言行令我百思不解，因此总觉得她的影像有些朦胧。

如今她每泄露一些，影像就更清晰一些。

“谢谢你的泄露。”

“你到底要不要吃面？”

我笑了笑，跟她一起走进店里。

我们都点了干面，一大一小，还切了一些卤味。

等待面端过来的时间，我看着坐在我对面的她。

我突然觉得好陌生。

不是对她陌生，而是对我们现在身处的场景陌生。

我好像没有跟她一起坐着等待食物端上来的记忆。

我心里纳闷，视线四处打量这家店，她则低头滑手机。

“这家店你常来？”

“第一次来。”她视线离开手机，抬起头，“我看到一篇文章写台南100家面店，我想都吃吃看。”

“这家店也是？”

“嗯。”她说，“那100家面店我吃过的很少。”

“你以前吃过几家？”

“一家。”

“就是99家没吃过的意思？”

“废话。”

“你真的有语言表达障碍。”我说，“一般人会直接说只吃过一家，而你却说：吃过的很少。”

“一家不是很少吗？难道一家叫很多吗？”

“嗯。”我小心翼翼，“你说得很有道理。”
她没回话，又低下头滑手机。
还好，面端上来了，她才又抬起头。

“开车要小心，尽量不要讲电话。”我吃了一口面后说。
“我们真的很久没见了。”她看我一眼，“没有共同的话题很正常，你不用绞尽脑汁想话题。”
“我还是专心吃面好了。”
我闭上嘴，偷偷看她吃面的样子，吃相很优雅。

有些人用筷子夹起面时，会习惯性地上下晃几次，再送入嘴巴。
但她夹起面时，会缓缓直接放进嘴里，筷子不会上下晃动。
如果面条太长她就咬断，不会再用筷子拉扯或“咻”的一声直接吸进去。
我突然有种这是我第一次看她吃面的感觉。

但应该不会吧?
我努力找寻记忆中所有关于她的影像，确实没发现她吃面的影像。
再看了一眼她拿筷子的手……

“你好厉害，竟然能用左手拿筷子吃面。”
“我从小就用左手。”
“啊？”我大吃一惊，“你是左撇子？”
“嗯。”
“可是……”

“可是你不知道是吧？”她淡淡地说，“因为你不怎么注意我，所以不知道我是左撇子很正常。需要那么惊讶吗？”

我完全接不上话。

如果我口口声声说记得关于她的一切而且记忆仍然清晰，

却根本不知道她是左撇子，那我会羞愧得无地自容。

然而事实摆在眼前，她是左撇子没错啊。

难道我只是自以为记得一切，但其实我已经忘得差不多了？

“我吃饱了。”她说。

“你还剩一半耶。”

“我已经吃很多了。”

“小碗的干面只吃一半还敢说吃很多？”

“我还吃卤味了啊。”

“卤味你也只吃两三口，我还以为你要把面吃完再专心吃卤味。”

“反正我吃很多了，我饱了。”她说。

“你食量这么小，”我很纳闷，“为什么脾气却那么坏？”

“食量跟脾气无关。”

“是无关，但很难想象。你能想象火山爆发时天崩地裂，但火山却吃很少吗？”

“莫名其妙的比喻。”

“你吃那么少，怎么还有力气发火？而且一火就是十几年。”

“我不是因为生气而离开。”

我愣了一下，她这句话好像有深意。

“那你为什么离开？”我问。

“我不想说。”

“泄露一点就好。”

“我有语言表达障碍。”

她看了我一眼，眼神很坚定，这代表她死也不会说。

“你都吃这么少，这么多年你是怎么活过来的？”我问。

“现在才知道要关心，会不会太晚？”

“我根本不知道你食量这么小啊。”

“你不知道的事很多，不差这一件。”

“你会不会常常在睡梦中哭着醒过来，然后喊：肚子好饿？”

“神经病。”她把她的碗推向我，“你说我食量小，想必你食量大。你把我的面吃完，还有这盘卤味也吃完。”

“你点太多卤味了。”我看着那一大盘卤味。

“我不知道你爱吃什么，就每样都夹一点。”

“原来你也不知道我爱吃什么。”

“知道你爱吃什么很重要吗？”

“奇怪，同样都是不知道，为什么我的不知道好像罪该万死，而你的不知道却是理所当然？”

“我没说理所当然，我只是毫不在意。”

“我还是专心吃卤味好了。”

而她，则低头专心滑手机。

“对了，我打你手机，你好像都不接。”

“没故意不接。”她说，“不然你打打看。”

“现在吗？”

“你如果从此不想再打也可以。”

我马上拿出手机拨打她的号码，两秒后她的手机屏幕跳出画面，却没半点声响，连振动也没有。

“猴子？”我几乎大叫，“你把我的号码取名为猴子？”

“你是猴子没错。”

“你到现在还是这么认为？”

“我认为你还是。”

我想反驳却没有强而有力的理由，只能沉默。

“我的手机永远是静音状态。因为我不喜欢手机的响声，很吵。”

“那你干吗还用手机？”

“现在的人没有手机可能比恐龙复活还要奇怪。”

“手机永远静音会漏掉重要的电话吧？”

“我会看记录。不重要的人打来，我不会回；重要的朋友打来，我会看状况决定回不回；如果是很重要的朋友，我会等有空时回。”

“如果是我呢？”

“看到后就马上回了。”

“所以我是？”我问。

“你是不知道我手机永远是静音状态的人，可能你不在意吧。”

“这点你就不能扣我帽子了，因为以前你没有手机。”

“我有手机已经好多年了，手机都换了好几部。”

“我们分开的时间更久。”

我们互望了一眼，短暂停顿一下。

“不管我换了几部手机，手机通信录里，都有一个我永远不会打却也不会删的号码。”

“那是？”

“猴子。”

“可是你昨天就打了。”

“那是我所犯的最不可饶恕的错。我以后绝对不会再犯。”

“拜托请你继续犯。而我努力把卤味吃完。”

她又低下头，滑手机。

十几年前手机开始普及，为了让她可以很方便找到我，我买了手机。

其实我很希望她也买手机，但她觉得没必要。

这十几年来，我也换了好几部手机，但号码始终没变。

没想到她到现在还记得我的手机号码，而且一直存在手机通信录里，光这点就足够了。

即使在昨天之前她从没拨过，我也依旧存在。

分离后她有了手机，我虽然不知道，但很容易理解。

我知道她喜欢安静，不过让手机一直保持静音状态也很夸张。
既然我不知道她有了手机，因此当然不知道她总是调成静音。
如果她以前肯买手机，我那时绝对会知道她的这个特质。
她的所有特质总是鲜明，我怎么可能不知道？即使想忘也忘不了。
但为什么我却忘了她最喜欢吃意面、食量很小，而且是左撇子呢？

啊！我知道了！
“我们以前根本没有一起吃过饭，一次也没有。”我说。
“现在才想起来。”她抬起头看了我一眼。

我恍然大悟，终于想起来了，以前我和她从没一起吃过饭，
因此我不知道她最喜欢吃意面，也不知道她的食量很小，
更不知道她是左撇子。
而她也不知道我爱吃什么。

昨晚她经过一片纯粹的黑暗时，说她怕黑，我也完全没印象。
那是因为我们以前从没经过纯粹的黑暗。
以前我们有时会一起在深夜里漫步，但总有些微弱的灯光，
因此我也不知道她胆子很小、怕黑。

我突然觉得，今晚能和她一起吃面好像是一种救赎。
久别重逢的意义，是不是在于弥补过去来不及完成的事情呢？

“为什么我们以前从没一起吃过饭？”

“以前我在心里画一条红色的界线，提醒自己很多事不能做，绝不能越线。”

“一起吃饭会越线？”

“嗯。”她点点头，“怕养成习惯，怕因而依赖，怕会离不开。”

“现在呢？”

“现在觉得以前从没一起吃饭也算遗憾。”她说。

“所以你找我吃饭是弥补遗憾？”

“算弥补了遗憾。”她说，“但却是你找我吃饭，不是我找你。”

“我找你吃饭？”我很纳闷。

“你电话中说了：我的意思是出来吃个饭。照我的意思做吧。”

“噢。”我想起来了。

“你只会说‘噢’。”她瞪我一眼。

“我没想到你这么听我的话。”

“你说的话，我总是没有抵抗力。”

我看着她，她似乎刻意转头将视线朝向别处。

“那我是你的什么方向？”

“刚说了，我不想说。”

“这么多年了，你对我说话还是得维持低温吗？”

她看着我，眼神虽然还是结冰的湖面，但已经出现融化的痕迹。

“我原以为，只要喝完一杯抹茶的时间就够了。”她说。

“嗯？”

“因为我只向老天祈求喝完一杯抹茶的时间而已。”

“昨晚就喝了一杯抹茶了。”

“嗯。所以我以为……”她欲言又止，“没事。”

“我是你的什么方向？”我又问。

“不想面对的方向。”她说。

“为什么？”

“一旦面对，就无法转身。”她轻轻叹了一口气，“因为不想面对，所以转头朝别的方向。可是一转头就是十四年。”

“总比一转头就是一辈子好。”

“或许吧。”

“你现在想面对了吗？”

“还是会怕。”她摇摇头。

“仍然觉得我像黑黑的深洞？”

“嗯。”她说，“一旦跳进黑黑的深洞，就很怕离不开、回不来。”

“这就是你怕黑的理由吧？”我恍然大悟。

“因为你，我会怕黑。”她说，“我总会联想到那种离不开、回不来的感觉。”

“很抱歉。”

“但如果已经离不开、回不来……”她耸耸肩，“也就不怕了。”

我凝视着她，时间好像回到那年骑机车去见她的冬夜，
甚至有寒风刺骨的错觉。
即使昨晚重逢时她的温度很高，
但她似乎还是习惯维持那年寒流来袭时的低温。

终于吃完了，我们一起离开，我陪她走向她停车的地方。
“这家吃完还有 98 家。”我说，“我陪你一起吃一遍？”
“看心情。”
“心情好就吃，还是心情不好时吃？”
“废话。”
“是心情好的废话，还是心情不好的废话？”
“1。”

“那麻烦了，因为你的心情总是不太好。”
“没想到你时，我的心情还不错。”
“所以你想到我时，心情就很糟糕？”
“废话。”
“是糟糕的废话，还是不糟糕的废话？”
“1。”

“那看到我呢？”
“废话。”
“是糟糕的废话，还是不糟糕的废话？”
“2。”

她打开车门，坐上车，关上车门，系好安全带。

“你喜欢吃面吗？”她摇下车窗，问。

“很喜欢。像今天这家的面就很好吃。”

“你喜欢就好。”

“你怕我不喜欢吃面？”

“只是希望我喜欢的，你也喜欢。”她说，“另外，在一盘卤味中，你最先夹豆干，最后夹海带。你比较喜欢豆干还是海带？”

“海带。”我说。

“嗯。那我知道了。”

“你也喜欢海带？”

“不喜欢。”她摇摇头，“只是想知道你喜欢吃什么。”

“那你刚刚还说毫不在意。”

“不可以吗？”

“可以。”我笑了笑。

她的手一直放在已插进钥匙孔的车钥匙上，迟迟没发动。

“我该走了。”她终于说。

“开车小心。”

“嗯。”她发动车子，“其实我一直很想和你一起吃面。”

“想多久了？”我问。

“十几年。”她摇上车窗，开车走了。

“你到底喜欢我什么？”她问。

“我可以回答你，但需要花一些时间。”

“为什么？”

“因为实在太多了。”

那天我一直陪着她，在一个宽阔走廊的墙角。

我们并没有一直交谈，多数时间是她看她的远处，我看我的远处。

手边既没书也没耳机，光这么杵着，我都快变成雕像了。

我几乎想跟她说："我们交换好吗？让我看你的远处，你看我的远处。"

这样我起码还可以看到不同的远处，不会只是那三棵营养不良的树。

在有限的交谈时间中，我知道了她的一些基本资料，

包括她的名字，还有她和我同届，念同一所学校但不同系。

至于其他比如兴趣、习惯、家里几个人几条狗之类的，一概没聊到。

不过她的个性和脾气，我倒领教了一些。

只要我们对话有点干，她便直接转头朝向她的远处，一句话也不说。

我则先假装若无其事，说一些天气好热、人好多之类的废话，

再缓缓、缓缓、缓缓转头朝向我的远处。

中午吃饭时间到了，我问她想吃什么。

“我不饿。”她回答，“不想吃。”
可是我好饿啊，我心想。

“如果你饿了，你自己去吃午饭。”
“我也不饿。”我竟莫名其妙说出违心之论，“那你想喝点什么？”
“甜的就好。”
“甜的？”我问，“比方什么？”
“比方就是喝起来味道是甜的饮料。”

说了等于没说。
但我也不敢再问，问了也只是看她再直接转头一次而已。
我去饮料摊挑了三瓶应该是甜的饮料，茶、果汁、汽水。
“你为什么买三瓶？”
“因为不知道你要喝什么，就把每种应该是甜的饮料各买一瓶。”
她看了我一眼，这一眼很长，应该超过五秒钟，
然后她拿了果汁，说声谢谢。

“你很细心。”她说。
“认识你几个小时了，第一次听到你称赞我。”
“初识的朋友，我最快也要十天半个月才可能称赞一句。”
“那我破你纪录了。”我笑了起来，“看来我很厉害。”
她没回话，直接转头朝向她的远处。

“今天天气好热，这里的人真的好多。”我又开始自言自语。

当我准备缓缓转头朝向我的远处时，她突然转头看我，我只好僵住。

“你真的不饿？”她问。

“嗯。我不饿。”

“最好是。你的表情已经说明了你很饿。”

“我的表情这么会说话？”我摸了摸自己的脸。

“饿了就赶快去吃饭呀。”她说。

“这样太没道义了，要吃就一起吃，不然就都不吃。”

“谢谢。”她又看了我很长的一眼，“但我真的吃不下。”

“干吗说谢谢？”

“因为我有礼貌。”

我忍不住笑了两声，她没回应我的笑声，直接转头朝向她的远处。

我撑到她表妹比赛完，全身肌肉几乎都石化了，然后载她们回家。

我停在一栋公寓的楼下，她或许住在某一个楼层。

她没下车，却要表妹先下车并拿出一串钥匙给表妹。

“姐姐你呢？”她表妹下车后问。

“我还有事。”她说，“你先开门上楼去找阿姨。”

她表妹点个头，跟我说声谢谢后，打开铁门进去。

机车已熄火，我和她的安全帽也都摘下，但我们还坐在机车上。

我等了半分钟，她没任何反应依然端坐在机车后座。

“你在等什么？”她终于开口。

“等你开口。”

“你在等我开口说谢谢吗？”

“不是。”我说，“你刚不是说你还有事？我以为你会跟我说再见，然后去处理你的事。”

“我干吗开口跟你说再见？”

“因为到你家了啊。”

“我不想开口跟你说再见不行吗？”

“可以。但你不是还有事？”

“所以你要让我一个人去处理我的机车吗？”

“我载你去。”我恍然大悟，重新发动机车。

“如果你有事，不必勉强。”

“我没事。”

“你有事也会说没事，就像你很饿也会说不饿。”

“那我的表情呢？”

“我在你后面，看不到。”

我迅速转过头想让她看清楚我的表情，

但一转头发现我们两人眼睛的距离不到20公分。

今天虽然不常跟她面对面说话，但只要视线跟她接触，

就立刻被她的眼睛所吸引，而且会有不想离开的感觉。

而现在的距离更近了，那种不想离开的感觉更强，

甚至有离不开的错觉。

我不知道这样近距离互看了多久。

应该过了很长的时间，但我感觉很短，仿佛时间很老了，走不动了。

我甚至没听见机车引擎低沉的隆隆声。

直到有人打开铁门走出来，那种清脆的铿锵声才吵醒我。

“看够了吗？”我问。

“什么看够？”

“我的表情啊。”

“你现在的表情是现在的，又不是刚刚的表情。”

“那你再问一次。”

“如果你有事，不必勉强。”

“我没事。”

她没回话，只是又看了我一眼。

“我的表情还可以吗？”

“可以。”

“我很好奇我的表情是怎样的，但更好奇你为什么都面无表情。”

“我是死人吗？”

“嗯？”

“死人才面无表情。”

“把安全帽戴上。”我直接跳过她的话，“我要骑车了。”

载她表妹三贴时，她表妹夹在我和她中间，有缓冲作用。

如今机车上只有我和她，她双手抓住机车后座铁杆，没碰触到我。
我骑到她停放机车的地方，先停好我的车，再牵着她的车找机车店。
15分钟后终于找到一家机车店，我已气喘吁吁。
机车是这样的，骑着它走跟牵着它走完全是两回事。

“不知道会不会轮到我中暑？”
“现在是下午五点多，中什么暑？”
“种番薯。”
“嗯？”
“番薯，又叫地瓜。”

她先是愣了一下，然后闪过一丝笑容，但随即就停止了。
她这样的笑容很像闪电，闪一下就停。
但发出闪光的瞬间，已足以让人眼睛一亮。

“请问你刚刚那是在笑吗？”
“废话。”
“是什么样的废话？”
“当然是在笑呀，不然是脸抽筋吗？”

“认识你快一天了，第一次看到你笑。”
“初识的朋友，我最快也要两三个月才可能对他们笑一下。”
“那我又破你纪录了。”我笑了起来，“我觉得自己很厉害。”
她没回话，转过头看着她的正被修理的机车。

机车只是电瓶没电，换个新电瓶就搞定了。

她骑上她的机车载我到停放我的机车的地方，不到三分钟。

我下了她的车，跟她说声 bye-bye。

“等一下。”她说。

“怎么了？”

“我突然想到要给你一样东西。”

“什么东西？”

“你看了就知道了。”

“这……”

“如果你有事，不必勉强。”

“我没事。”看到她正注视着我，我完全不敢说违心之论。

“跟着我到我家楼下。”

“不用啦。”

“听见没？”

“听见了。”

她骑车走了，我赶紧也骑上我的车跟着她。

我很纳闷，她到底要给我什么东西。

想了一下，觉得也许她想答谢我今天所做的一切。

我们又抵达她家楼下，她很快停好车，跑去按电铃要她妈开门。

铁门铿锵一声打开了。

“你先在这里等我一下。”她转头对我说。

“你不要客气啦。”

“我客气什么？”

“你真的不用客气。”

“我没客气，只是要你等一下，我两分钟后就下来。”

“这只是举手之劳，请你不要客气。”

“在这里等我一下。听见没？”

“听见了。”

她很快上楼，我可以听见急促爬楼梯的脚步声。

而我摘下安全帽坐在熄火机车上等她。

她说只等两分钟，我却等了六分钟。

“你看。”她下楼后，把一张纸拿给我。

“看什么？”

“这上面明明公告围棋比赛地点在南台科大呀！”

那张纸是从网站打印下来的，上面确实写着比赛地点在南台科大。

“之前明明通知比赛地点在南台科大呀！你以为我骗人吗？”

“你还在提这个？”我音量变大。

“那是因为你以为我骗人。”

“我从没说过你骗人啊？”

“最好是。你的表情就那么说。”

我有点哭笑不得，将纸还给她。

“现在真相大白，你也沉冤得雪。恭喜你。”

“我本来就没有骗人。三个礼拜前就这么公告了呀。”

“你待会儿再去这个网站看，应该也有比赛地点改在台南高商的公告。”

“我不管。反正之前公告的比赛地点在南台科大。”

“好，不用管。反正比赛都结束了。”

原本想象中的礼物落空了，我也该走了。

“bye-bye。”我挥挥手。

但她仍然站在原地，没有说话，也没有动作。

“你还有事吗？”我问。

“没呀。”

“那我说 bye-bye 了，你……”

“我不想说。”

“不想说什么？”

“我不想说再见。可以吗？”她说。

“可以。”

我戴上安全帽，掉转车头，发动引擎。

经过她身旁时，迅速与她的眼神碰撞一下，她眼睛很亮。

我仿佛看到夜空中的一道闪电。

3

一杯水里装了一些沙，看起来仍是清水，只是底部淤积一些沙。
这是跟她重逢前，我的心的状态。
快速搅拌这杯水时，沙子在水中互相撞击，水已浑浊。
这是跟她重逢后，我的心的状态。

如果停止搅拌，沙子会慢慢沉积到杯底，缓缓地、慢慢地。
水会渐渐清澈，最后沙子全部会沉积在杯底，
又变回看起来是清水的样子。

重逢时的快速搅拌，已让我的心浑浊，
我要继续搅拌，还是静静等待沙子沉淀?
即使我继续搅拌，时间久了后，我可能会因为没力气了而放弃搅拌，
最终还是只能等待沙子慢慢沉淀。

其实我也没有选择，因为快速搅拌是我现在的反射性动作。
可惜吃完那家意面后，我们已经一个礼拜没碰面了。
曾经五千多天没碰面也能安然度日，
现在才七天没见，却觉得生活不自在，好像每天都有该做的事没做。

这七天的前三天，我曾每天打一通电话给她，她当然都没接。
但重点是，她也都没回拨。
她说只要看到我打的未接来电就会马上回拨，
那没回拨代表没看到，还是不想回？

心里一堆问号，只能天马行空地胡乱猜测她失去音讯的原因。
但所有的乱想只会导致一个结论：她不想再跟我联络了。
以前我就知道她脾气暴发的时间点就像地震一样，
可能是两年后，也可能是下一秒。
总之就是突发、不可预期且毫无征兆。
每次脾气暴发总是伴随着毁灭，然后需要长短不等的时间重建。
例如最近一次毁灭，要历时十四年又五个月才重建。

直到第七天的晚上，她才传 Line 给我：
“你找我？我是说前几天。”
“你是前几天看到未接来电，还是现在才看到几天前的未接来电？”
“前几天就看到了。”
“那你现在才回？”

“如果你觉得我不用回，我可以不回。”

“我的意思是为什么你现在才回。”

“因为我现在才想回。”

“前几天刚看到时不想回？”

“嗯。”

我很沮丧，不知道该回什么。

想起她说过：“重要的朋友打来，我会看状况决定回不回；如果是很重要的朋友，我会等有空时回。”

她也说，只要是我，她看到后就马上回。

莫非我已从比很重要的朋友还重要，降级成很重要的朋友了？

甚至连降两级降成重要的朋友？

“你前几天找我，有事吗？”她又传来讯息。

“有分四天前、五天前、六天前，三种。”

“分别是什么事呢？”

“六天前是问候，五天前是打招呼，四天前是 say hello。”

“原来你的中年生活这么闲。”

“我哪会闲？但再怎么忙，跟你说说话总可以吧。”

“那就表示你不够忙。”

“你怎么老是坏人等绿灯才过马路就说他洗心革面、好人没有捡地上的垃圾就说他同流合污的逻辑？”

“我不懂你的意思。”

“意思是你老是因为一点点小事就全盘否定。”

“我否定了什么？”

“你刚刚就因为我只是抽空问候你，想跟你说说话，就得出我的中年生活这么闲、不够忙的结论。”

“如果你需要抽空问候我，那确实不用勉强。”

“我没勉强。但你不能因为我打给你想说说话，就说我很闲不够忙。就像我也不能因为你现在回我，就说你很闲不够忙一样。”

“谢谢你提醒我，我确实很忙，所以现在不能回你。晚安了。”

我试着再传给她两句，但完全没已读。

也许她丢完最后那句后就顺手关机，或直接把手机放得远远的。

我想，这大概是所谓的不欢而散吧。

这种感觉好熟悉，因为她给我的经验太丰富了。

以前跟她说话时常这样，她会射出一句冰冷的话终结一切。

每次她这样，我都感觉像突然被雷打到。

原本这礼拜因为她没回应，我有我们已经变陌生的错觉。

没想到现在因为这种被雷打到的感觉太熟悉太亲切了，

我又觉得我跟她就像以前一样亲近。

这是该庆幸，还是该觉得悲哀？

隔天上午我看了看手机，我昨晚传的最后两句仍然没已读。

算了，试着专心上班不去乱想了。

而我快速搅拌杯子的手，可能要放慢速度了。

如果我的手渐渐停了，我大概也不会太讶异。

下班了，开车回家前又看了一次手机，依旧没已读。

看来我手机坏了，不然就是她手机坏了，总之就是有一部手机不乖。

我得学会这种自欺欺人的思考方法，开车才会平安。

没想到开到一半时，手机响了，她打来的。

“你知道东门路口的那栋白色建筑吗？”她说。

“其实这城市多数的建筑都是白色的。”

“你只要告诉我，你知道不知道。”

“知道吧。”

“你在开车？”

“嗯。”

“待会儿没事吧？”

“没事。”

“你开车到那里，需要多久？”

“从我现在的位置到那里，大约 25 分钟。”

“那我们半小时后在那里碰头。可以吗？”

“好。”

合上手机。我知道我最多只要花 20 分钟就可以到那里。

包括停车和走路的时间，到那栋白色建筑时，不会超过 25 分钟。
而她，最少要花 40 分钟才会到，如果她顺利的话。

我顺利抵达，刚好花了 20 分钟，而且车就停在那栋白色建筑旁边。
我缓缓下车，下车后站在车旁看看行人和街景，再看看天空。
不想站在白色建筑前等太久，宁可做点无聊的事打发时间。

时间差不多了，我用 80 岁老人的速度走到白色建筑物前。
其实也只不过是 40 公尺的距离而已。
但才走到一半，我竟然看到她正站在建筑物门前，
我瞬间返老还童变成 15 岁青少年飞奔过去。

“对不起。”我跑到她面前，惊魂未定。
她不可能比约定时间早到啊，到底怎么回事？
我下意识地看了看表，难道我的手表快没电，时间变慢了？

“你没迟到。”她也看了看表，“你比约定的时间还早了两分钟。”
“那还好。”我松了一口气，但随即想起她不可能早到，
“可是你怎么可能比我早到？”

“我不仅比你早。”她说，“而且我已经等了二十几分钟。”
“啊？”我又吓了一大跳，“你飞来的吗？”
“打电话给你时，我已经在这附近了。”
“那你怎么不说？”

“你在开车，我如果说我在附近了，你会飙车过来。我会担心。”
“可是让你等这么久，真的很抱歉。”
“你又没迟到。而且，我也想等你。”
“等我？”我很惊讶。

记忆中，她最讨厌等我。
以前有次我只比约定的时间晚了一分钟，她就非常生气。
“迟到一分钟就是迟到，难道杀人时只砍一刀就不算杀人？”
她那时这样说，语气有些严厉。
从此我就再没迟到过，一次也没有，总是提早到。
而她也不再有等待我的经验。

“你不是最讨厌等我？为什么突然想要等我？”
“我不是讨厌等你，而是讨厌我们在一起的时间被剥夺。”
“什么意思？”
“时间是我们两人的，不只是你的。我们在一起的每分每秒都非常珍贵，我是讨厌你剥夺了那些珍贵的时间。”

“我一直认为你讨厌等我，原来你只是讨厌我剥夺在一起的时间。”
我笑了笑，“那你总是迟到，你就可以剥夺我们在一起的时间吗？”
“讲剥夺很难听。”
“剥夺是你先说的啊。”
“因为你迟到就是剥夺，而我迟到就不是。”
“明明就一样，为什么我是你不是？”

“因为我很想早点看到你。”

“那你更不该迟到啊。”

“讲迟到很难听。”

“不然怎么说？总在约定的时间之后出现吗？”

“如果我们约 10 点，那就表示我心里想 10 点看到你，可是实际的我最快也要 10 点 10 分才能看到你。”

“这是什么意思？”

“心里的我，完全不受限，只想早点看到你，时间会变快；实际的我，会被环境、现实等阻拦，时间就变慢了。心里的我，只知道直线飞奔；而实际的我，会被红灯挡下。”

“所以你从来没有迟到的念头？”

“完全没有。”她摇摇头，“总归一句，心里的我会比实际的我，更想早点看到你。”

“你真的很会说话。”

“如果你认为我只是会说话，那我不说了。”

“我是称赞你而已。”

“这不是称赞，而是你的误解。”

“我误解什么？”

“我说的是事实，跟我会不会说话无关。”

“好，我误解了。你只是说出事实而已，不是很会说话。”

“知道就好。”

“但你还没告诉我，为什么突然想要等我。”

“想体验一下等待你出现的感觉。”

“这有什么好体验的？”

“我知道你总是提早到，所以在等待的时间里，不知道你什么时候会出现，只知道你随时会出现。一旦你出现了，就是惊喜。这种等待的感觉很好。”

我很后悔刚刚用慢动作下车，下车后还停下来看行人、街景和天空。

原以为只是打发无聊等待的时间，没想到她早就在等我了。

她说得没错，我们在一起的每分每秒都非常珍贵，

我不该剥夺这些珍贵的时间。

“对不起。”我说。

“你是要我听你莫名其妙地说对不起，还是要满足你的好奇心继续回答你的问题？还是要我做正事？”

“你要做正事？”我很纳闷。

“我来这里是因为跟人有约，而且已经迟到了。”

“那你怎么不赶快进去？”

“因为你一直问，我只好一直回答你。”

“我不问了。你赶快进去吧。”

“所以你是要我一个人进去？”

说完她便转身。

我赶紧也转身，跟着她走进白色建筑内，直接到电梯口。

“我最讨厌我迟到了。”她说。

如果是以前，我听到这句一定会放声大笑，因为她总是迟到。

现在却觉得原来她以前并没有抱着她迟到没关系的心态，

甚至她很讨厌自己迟到，但为了陪我说些不重要的话，

她宁可让自己迟到。

重逢后因为她的泄露，她以前某些令我不解的言行，终于得到解答。

现在又发现竟然还有一些是我自以为了解，而且是根深蒂固的认知，

但真相根本不是那么一回事，甚至完全逆转。

她在我心里的影像越来越清晰，而且因为清晰又让我看到更多的美。

我不禁在想，以前的我错过了多少？

而现在的我，为什么可以得到这么多？

电梯直达三楼，走出电梯跟着她左弯右拐，不知道她要去哪里，

也不知道她要做什么。

这点跟以前一样，常常只是约好时间碰面，但她没说要干吗。

要等到碰面了她才说她想做什么，有时甚至是做完了才知道。

比方可能只是陪她买本书，或陪她去便利商店买瓶饮料而已，

当她买完饮料说要走了，我才知道这次碰面只是陪她买饮料。

她在一家看起来是某种设计工作室门前停下来，我陪她走进去。

她一碰见约定的人便一直说对不起，看起来很内疚而不是客套。

我也因她的内疚而更内疚，毕竟她迟到是因为我。

但我突然想到，她从没跟我说过对不起，不管在什么情况下。
像对不起、抱歉、sorry、不好意思之类的话，她从未对我说过。

以前我对这点不太理解，总觉得有太多地方可以简单说声抱歉。
我不知道她是怎么想的，起码在我的记忆中，总是我在说抱歉。
后来我习惯了，便把她不会对我说对不起当作她的特质。

她今晚是来请设计师设计一些东西，应该是公事上的需求。
我看她跟对方的交谈应对很流畅，完全没有语言表达障碍，
也没有表情表达障碍。
该开玩笑的，该认真要求的，该客气感谢的，她都拿捏自如。
她这点很像某些电影演员，当镜头对着他们时，总是侃侃而谈，
一旦镜头关机，他们就回到自己原来的样子，沉默寡言。
我以前就觉得她面对我时，是根本没镜头的状态。

我和她在那里待了快一个小时才离开。
“你吃过晚餐了吗？”她问。
“还没。”
“那你赶快去吃。”
“你呢？”
“我吃过了。”

“我以为你问我吃过没，是想跟我一起吃饭。”我很惊讶。
“我只是关心而已。”

“那你当我吃过了吧。”

“神经病。赶快去吃。”她说，“下次再一起吃饭。”

我只好陪她走到她的停车位置，还有一小段距离。

“你今天为什么突然找我过来？”

“如果你不喜欢这种突然，以后可以都不要。”

“我只是好奇问问而已。”

“最好是。你心里明明知道我只是想见你而已。”

“我的表情又泄露了？”

“嗯。”

看到她的白色车子了。

“我还是要跟你说对不起，关于昨晚的 Line。”

“你不用说对不起。因为你又没说错。”

“如果我没说错，你干吗生气？你有生气没错吧？”

“你可以说得很有道理，但不代表我不能生气。”

“你真的很会说话。”

她没回话，走到车旁拿出钥匙打开车门，钻进车子。

“我看到你的 Line，就打电话给你了。”

“那是昨晚传的，快过一天了。”

“我这礼拜很忙，几乎都不看手机了。”

“你忙成这样？”

“我只是想专心忙完，不想分心。但即使我真的很忙，我也没不理你的意思，我甚至还会想到你。”

“听过一段话吗，”我说，“孤单的时候想念一个人，不一定是爱；忙碌的时候也会想念某人，这才是真正的爱。”
“你脑子真的很闲，竟然记住这么无聊的话。”
她语气冰冷。然后插入车钥匙，发动车子。

“你讲话的温度，还是习惯这么低？”
“不是习惯。”她说，“只是语言表达障碍。”
“又是语言表达障碍？”
“心里的感受愈汹涌，说出来的话语愈淡然。于是被你以为很冷漠，但其实只是语言表达障碍而已。”

“可是看你对别人不会啊。”
“只有对你才会有。”她说，“认识你时，只是轻度语言表达障碍，现在是重度了。”
我们沉默了几秒，车子的引擎声更明显了。

“反正我只是不想忙碌的时候跟你说话。”她打破沉默。
“为什么？”
“因为会觉得失落。”
“失落？”
“忙的时候就不能跟你讲太久，那就会觉得失落。”
“讲一下下还好。”

“如果只讲一下下，挂断的时候就会很失落，那不如不讲。而且我也怕我不想挂断，那会耽误正事。”她系上安全带。

“噢。”

“还有，我忙碌的时候心情会很不稳定。”

“你不忙的时候心情也不稳定。”

“你老是这么白目，我的心情怎么稳定？”

“你说得对。”我竟然笑了。

“我也不想在忙碌而心情不好时，把你当出气筒。”她说。

“那没关系。”

“我知道你一定没关系，但我不想。”

“为什么不想？”

“不想就是不想。任何可能让你心情不好的事，我都不想做。”

“只要我可以看到你，心情就不会不好。”

“其实我很想见你。”过了一会儿，她说，“即使很忙时。”

“那为什么不想见就见呢？”

“我怕见你。”

“为什么？”

“只要见你，就会勾起太多记忆。”她说，“那些记忆，一旦碰触，就会泛滥，不可收拾。”

“看来重逢那晚，你很有勇气。”

“突然重逢，我毫无心理准备，所以隐藏不及，忘了压抑。”她说，

“那可能是我这辈子最有勇气的时刻了。”

“现在呢？”

“变回胆小。”她说，“因为那晚，我的勇气几乎用光了。”

“噢。”

“剩下的勇气，用来今天见你。”

她放下手刹，打了方向灯，开车走了。

“你听过一部日剧描述聋哑画家爱上一个女生的故事吗？”

“我知道。”

“那部日剧的名字？”

“《跟我说爱我》。”

“好。”我清了清喉咙，“爱你。”

认识她的当天晚上，我做了一个梦。

梦里我在一大片水中游泳，也许是湖也许是海，我无法辨别。

四周一团漆黑，而我只是游，却怎么也游不到岸边。

然后我醒了。

清醒一分钟后，我莫名其妙地想起她的眼睛。

好像是没什么逻辑的梦。

不过我很清楚梦里的感觉，没有惊慌与恐惧，只有放松与平和。

我甚至觉得如果梦境持续下去，最后我溺水了，我可能也会微笑。

一个礼拜后，我在 MSN 收到她传来的讯息：

“明天下午四点，在我家巷口碰面。可以吗？”

“好。”

我立刻回。既没讶异，也没犹豫。

虽然脑子里曾闪过一个问号：她怎么会知道我的MSN账号？

但不到两秒就有答案。

就像英文字母的排序，D一定要经过C与B，才会碰到A。

隔天下午我提早三分钟到达，站在巷口面朝着她家楼下，等她出现。

手表看了四五次，抬头看那栋公寓六七次，左右来回走了八九趟，

等了十分钟。

“我在你后面。”

我闻声转身，看到她。

“你不是从你家下来的？”我很疑惑。

“我有说要从我家下来吗？”

“你是没说。可是约在你家巷口，你应该会从家里出来才对。”

“如果约在校门口，一定要从学校内出来，不能从外面到校门口？”

“这样讲有道理。”

“如果约在车站前，一定要从车站内出来，不能从外面到车站前？”

“嗯。也对。”

“如果约在餐厅门口，一定要从餐厅内出来，不能从外面到餐厅？”

“你还没说完？”

“说完了。”她说。

然后她转身就走。

我看着她一直往前走，没停下脚步，也没回头。

她的背影离我 10 公尺……20 公尺……30 公尺……

我拔腿往前追，跑到她左后方一步时减缓速度变为走。

她依旧没停下脚步，也没转头看我，只是向前走。

她走路速度算快，而且抬头挺胸。

我调整我的速度，始终保持在她左后方一步的位置。

走了五分钟，她完全没开口，也没减缓速度。

我越来越纳闷，但只能跟着走，维持跟她一样的速度。

苗头不对，已经十分钟了。

“请问……”我终于开口，“你要去哪里？”

“去我想去的地方。”

她终于开口，速度也稍微减缓，我便赶上她，与她并肩。

我跟她并肩走着，没有交谈，又走了五分钟。

“你想去的地方是哪里？”我忍不住问。

“你问题好多。”

“好多？我才问一个问题而已啊。”

“最好是。”她的脸略往左转，“你不是从你家下来的？你还没说完？你要去哪里？你想去的地方是哪里？你总共用了四个问句。”

“其实是五个问句才对。还要加上一个：好多？”我说。

“你知道就好。”

“我其实什么都不知道，包括为什么你要用走的方式。”
“我想用走的，不可以吗？”
“可以。”

在她左后方一步时，我的视线只能扫到她的部分脸颊；
跟她并肩走时，偶尔瞄一下，可以看到她的左脸侧面。
当她终于开口说话时，虽然脚步没停，但她的脸会略往左转，
算是回应在她左边的我。
于是我可以看到她的四分之三侧面。

额头、眼睛、鼻子、嘴唇、下巴与脸颊的线条，直线利落，弧线优雅。
这些线条所勾勒出的四分之三侧面，有一种说不出的美。
那种美很丰富，也很立体，像一片翠绿的山丘上有湖有树有花有草，
淡蓝的天空中飘着几朵白云，秋天午后的阳光洒满整片山丘。
她的侧面充满未知，正面虽美，但视线容易集中在她的眼睛上。
而她的四分之三侧面，是最美丽的。

“你有没有想过，为什么不骑机车？”我又问。
“你的问题，问得太晚。”
“太晚？”
“嗯。因为已经到了。”
她终于停下脚步。
我也停下脚步，看了看四周，星巴克到了。

她点抹茶，我点咖啡，我们在星巴克二楼窗边面对面坐着。

“我很讶异你会在 MSN 留讯息给我。”我说。

“初识的朋友，我最快也要半年才可能主动联络。”

“那我又破你纪录了。”

她不想回话，直接转头朝向窗外。

“我生性比较白目，你不要介意。”我说。

“你确实白目。”她把头转回，“但我很容易因为你白目而生气。”

“为什么？”

“我不知道。”她耸耸肩，“平时我不是这样的。”

“那你平时是怎样的？”

“温柔、文静、体贴、大方、善解人意、笑容可掬。”

“你有参加高阶幽默感训练班？”我说。

她马上将头转向窗外，但随即又转回，说：

“我说真的，不是开玩笑。”

“看来我得改掉白目，这样你才不会常常生气。”

“你很难改了。那就是你的样子。”

“那你的样子呢？”

“温柔、文静、体贴、大方、善解人意、笑容可掬。”

我忍住回话的冲动，却忍不住笑。

但我一开口笑便觉得后悔，没想到她看见我笑也跟着笑。

而且是很自然、很灿烂的笑容。

从没看过像她那样的笑容，勉强形容的话，我会用干净。
干净有点像无邪，但又不尽然，她的笑容很干净，清清爽爽。
会让人联想到白雪公主。
而且她笑容最美的部分，是种抽象意义上的美，
也就是说，看到她的笑容会让人心情变好，整个人放松。

“你很适合笑，为什么你不常笑？”
“我常笑呀。”
“但我是第一次看到你这么灿烂的笑容。”
“初识的朋友，我通常几分钟内就对他们这样笑了。”
“可是我要一个礼拜耶。”
“所以你又破纪录了。不过是很逊的纪录。”

“你之前说：初识的朋友，最快也要两三个月才可能对他们笑一下。”
“那是笑一下，跟灿烂的笑容不一样。”
“笑还有分别？”我很纳闷。
“对初识的朋友，灿烂的笑可能代表礼貌、善意、随和。而笑一下，代表心门打开。”

“你对我的心防，会不会打开得太早了？”
“你的白目，会不会太严重了？”
“抱歉。”我笑了笑，“真的要改。”

“你改不掉了。”她说，“你还是专心喝咖啡吧。”

窗外是酷暑，午后四点多的阳光洒了几点在桌上。

这里是初秋，冷气赶走了燥热，带来了清凉。

我和她面对面坐着，偶尔交谈，但没有一定得交谈的压力。

偶尔都看着窗外，不是为了逃避交谈，而是为了享受宁静。

错觉往往发生在人最不经意的瞬间。

就像现在，我觉得我们是相恋已久的恋人在午后的咖啡馆喝咖啡。

当意识到我和她是初识，就得集中注意力弄醒自己甩开这种错觉。

可是一旦集中注意力，精神反而会变得恍惚。

又回到我和她已经相恋许久的错觉中。

“请问你今天找我出来，有什么事吗？”我问。

“你的问题，总是问得太晚。”

“又是太晚？”

“因为已经结束了。”

“结束了？”

“嗯。”她点点头，站起身，“走吧。”

我们离开星巴克，再沿着来时的路走回去，要走20分钟。

我和她并肩走着，我在她左手边。

为了欣赏她的四分之三侧面，我很努力找话题说话。

我甚至连“白猫掉下水，黑猫救白猫上来，白猫对黑猫说了什么”

这种冷笑话也讲。

“白猫说了什么？”她问。

“喵。”

她愣了一下，然后闪过一抹笑，笑容真的很像闪一下就停的闪电。

“请问刚刚那是在笑吗？”我问。

“不。是脸抽筋。”

她笑了起来，是那种灿烂的笑容，

会让人心情变好、整个人放松的笑容。

走去星巴克的20分钟，时间很漫长；

从星巴克走回来，20分钟咻一下就过去了。

时间很敏感，在愉快的气氛中，总是跑得飞快。

一晃眼，已回到她家楼下。

“所以你今天找我出来，只是请我喝咖啡？”我问。

“嗯。谢谢你那天的帮忙。”

“一杯咖啡就打发了？”

“我还免费奉送好几次灿烂的笑容耶。”

“嗯。”我点点头，“那确实很够了。”

她笑了一下，转身拿出钥匙打开铁门，

然后再回头给我一个灿烂的笑容。

“小心骑车。”她说。

那一刻，好像有某种花朵的种子从石头缝隙里蹦出，
向着天空发芽。

4

经过几次打她手机只为了说说话，而她过了一段时间才回拨，
或回拨时我已不方便跟她说话，
我开始感觉到不一样了。

中年的生活和学生时代明显不同，起码比较容易认清现实。
重逢的冲击曾让我短暂跳离现实世界，进入一个只有我和她的世界。
那个世界并不是具体存在的，只能靠我和她的内心共同架构。
情感越深，那个世界的存在感越强。
在那个世界中没有选择、注定、迁就、遗憾、不得不，
也不用考虑别人，因为根本没有别人，只有我和她。

我很想活在那个只有我和她的世界中，很想。
但时间的历练已经增加了心的重量，让我的心很沉，
沉到无法脱离现实世界而跳入那个世界中。
就像地心引力把我牢牢吸在地表，除非借由火箭推力，
推着我冲出地球的引力范围，这样我才能在太空中飘浮。
但即使有巨大力量推我冲出，却总是只让我在太空飘浮一下子，
很快我又会急速坠落地表。

在现实世界中，我和她只是为工作忙碌的中年男女，
除了工作外，还有分别围绕在我们周围的人、事、物，
构成了所谓的我的生活和她的生活，两个生活似乎没交集。

唯一的交集，好像就是那件“公事”。
但如果我们将来只能靠这唯一的交集而继续，
或是我们会继续的原因只是因为这唯一的交集，
那么那个只有我和她的世界就消失了。
我们只能在地表上偶尔擦身、点头微笑而已。

我突然觉得她像是我灵界的朋友，轻飘飘的，四处飘移，很难触碰。
现实世界中，我们没有一位共同的朋友。一个也没有。
我的初中同学陈佑祥和她的小学同学李玉梅，只是我们认识的桥梁，
但从来就不是我们共同的朋友。
而且我已跟陈佑祥失联好多年了。

我很希望像十几年前那样，打电话聊天、在网络上传讯息、碰面，

都是理所当然再自然不过的事。

但现在打她手机或 Line 她只为了说说话，好像得找理由或借口。

以前她给了三组数字，最讨厌的就是不知道她在哪个数字。

甚至她身旁根本没数字。于是我只能尝试所有数字。

现在她的数字只有一组，且随时在身旁。

时代已经把我和她之间的管道铺得平坦、快速、顺畅且没有任何岔路，

为什么我竟然失去上路的勇气？

明明距离很近，明明只要拿手机按键，明明只要 Line 一句，明明……

明明只是一个简单的动作，现在为什么变得如此艰难？

还好她偶尔会 Line 给我笑话或有趣的图文，一看就知道是转传的。

我也只是回传“哈哈”的贴图。

如果她转传的是文章，我就回“点头”的贴图；

如果她转传的是影片，我就回“赞”的贴图。

虽然不算交谈，起码不至于音信全无。

但我们会不会以后就不用文字和语言沟通，只用贴图沟通？

直到有次她传来一个笑话：

狗走进 7-11 被赶出来，但羊走进去却没事，为什么？

答案是 7-11 不打烊（羊）。

这笑话实在太老梗，起码十几年了，搞不好我以前说给她听过。

我忍不住回她：

“你要改变交友形态了。传到你那里的笑话都过了十几年了。”

“我的朋友少，不像你交游广泛。”她回。

“我不算交游广泛，但我的朋友有廉耻心，不会转传老梗的笑话。”

“最好是。你传几个笑话给我看。”

我滑了滑手机，立刻转传几个笑话给她。

每一个笑话都让她很开心，而且她都没听过。

“你让我想起一位朋友。”我回。

“谁？”

“他每次去医院探病，都会一直笑。”

“为什么？”

“因为他，笑点滴（低）。”

“我本来就笑点低。”她回。

“你是根本没笑点吧？你几乎都不笑。”

“你记错人了。”

“不然我问你：重逢到现在，你对我笑过吗？”

“那是对你。平常我很容易笑。”

然后她传了几个哈哈大笑的贴图。

“贴图不算。”我回。

“贴图代表我的心。”

“月亮才代表我的心。”

“不管。我今天很需要笑。”

“为什么？”我回。
“我应该早点跟你说，今天心情很糟。”
“怎么了？”
“反正你刚刚转传的那些笑话让我心情很好了。成也萧何，败也萧何。”
“所以你心情很糟也是因为我？”
“废话。”

“我怎么了？”我回。
“反正过去了。我现在心情很好。”
“是不是想起以前了？”
“算是吧。我不想说了。”
“好吧。”
“该睡了。晚安。”

跟她分离的那段时间，我变得不喜欢回忆。
因为如果我想起以前，最后总会陷入“我和她到底怎么了？是发生了很多事，还是什么事都没发生？”这些问号所组成的迷宫中。
心情不仅低到谷底，而且找不到出口。
或许她也像我一样吧。

知道她喜欢看我转传的笑话，我便常转传笑话或有趣的图文给她。
她总是会积极回应我，而且她的笑点真的很低。

然后我们会聊一下，像以前那样天南地北地乱扯。
常常都是聊到她说晚安为止，那时大约已是凌晨一点。

虽然在 Line 里面听不到语气，但我总是能精准地读到她的语气，
也仿佛可以看到她打下那些文字时的表情。
很多人用文字表达和用语言交谈，会有一点差异，
但对我而言，她打下的文字跟说出的话语，是一模一样的。

这种在 Line 里闲聊的感觉太熟悉了，仿佛回到了从前。
我甚至有我才二十几岁、她也是二十几岁的错觉。
完全忘了我们早已是上班族，不再是学生。
如果这种错觉再持续下去，也许隔天醒来我会忘了要上班。

有次实在是聊得太晚，都半夜两点多了。
“你还要上班，以后早点睡，不要聊太晚。”
“开始工作后，我总是 11 点之前上床睡觉。”
“可是这阵子我们通常聊到 1 点啊。”
“你知道就好。”
“知道什么？”

“我是在陪你。”
“啊？我还以为你 1 点才睡。”
“那是你的睡觉时间。”
“你怎么知道？”

“我认识你多久了？”

这是个好问题。

初识时相处一年两个月，分离了十四年又五个月，重逢至今快一个月。

“快十六年了吧。”我回。

“不。我认识你一辈子了。”她回。

我不知道该怎么回。

生命总是用长度来衡量，但有些人可能用深度来衡量。

也许在她的感觉里，她认识我很久很久，像一辈子那么长，

或是她觉得了解我很深，那种深度像一辈子那么深。

其实我也觉得，我认识她一辈子了。

“我确实是凌晨1点才睡。”我回。

“你已经没有当夜猫子的本钱，以后早点睡吧。”

“你也是。”

“因为你，我才晚睡。只是因为你。”

我很感动。

现在的我们，可能已学会隐藏情感，或是对压抑情感更得心应手，

然而一旦隐藏不住或压抑不了，宣泄而出的情感便会澎湃。

如果我们过去的情感像一片草原，绿意盎然、生机勃勃，

经过十几年完全没有雨水的滋润后，原以为只剩下沙漠或者干土，

没想到还能看到一些未枯干的草。
这是奇迹，还是那些草的生命力太强？

“抱歉。也谢谢你。”我回。
“睡眠不足上班会精神不好，我很讨厌这样。”
“其实上班时不要精神太好。”
“为什么？”
“如果上班时精神太好，就容易乱想：我干吗做这份鸟工作？但如果精神不太好，应付工作很吃力，就不会乱想了。”
“我没你这境界。我快睡着了，晚安。”

我不再在很深的夜里 Line 她，怕影响她的睡眠。
Line 她的时间很随性，但总是得找个笑话或有趣的图文。
但今晚一时之间找不到满意的笑话，也找不到有梗的影片，
犹豫了一阵后，我传给她一句：“今天好吗？”

或许对一般人而言，问“今天好吗”是再自然不过的问候语，
但对我而言，简单问候她一句“今天好吗”，
竟然需要经过一番挣扎。

“你最近有胖吗？我胖了很多。”她回。
“你胖了？”
“嗯。下次约出来走路。”
“现在就可以。”

“但我要去影印店。”

“我陪你走去吧。15 分钟后在你家楼下碰面？”

“好。”

我依照惯例提早五分钟到达，但我只等了三分钟。

换言之，她提早两分钟下楼。

“你等了多久？”她问。

“三分钟。”

“那我以后会再早一点。”

“没关系。准时就好。”

“嗯。我们已经没有迟到的本钱了。”她说。

我们并肩走着，刚入夜不久的街道还很热闹。

我算了算，上次见到她已是一个月前。

虽然对曾经十四年又五个月没见的我们而言，一个月不见只是零头，

但我现在觉得，这一个月好漫长。

重逢后，每当陪她走一小段路时，我都是在她左后方一步的位置。

但现在我们正并肩走着，到影印店大约要走十分钟。

“去影印店是要印东西吗？”我问。

“不然呢？”她没停下脚步，脸略往左转，“是要去喝咖啡吗？”

我突然喉咙哽住，说不出话来。

因为我看到了十几年没见的，我认为是完美的她的四分之三侧面。

通过这四分之三侧面，可以看见她立体而且具有很深的美的眼睛。
也可以看见甚至像刀刻般的嘴唇线条、微微向上翘起的上唇。
至于脸庞的其他线条，也都是优雅的弧线和利落的直线。

这些年来如果梦到她，梦里通常可以看到她的四分之三侧面。
然而再美的风景都会忘记，再难忘的人都会印象模糊。
我担心总有一天会淡忘、会模糊，甚至已经淡忘模糊了。
但现在望着她，我知道她最美丽的影像早已深深烙印在心里，
非常清晰，不曾模糊。
恍惚间，我回到过去，像以前一样跟她并肩走着。

我突然有种错觉，过去的那片草原又回来了。
虽然已十几年完全没有雨水的滋润，但现在只要微雨洒落，
仿佛可以看到那一片翠绿，闻到青草的芳香。

“怎么了？”她问。
“没事。”
“明明就有事。”
“噢，只是原以为已经失去的珍贵东西，现在发现还在。”
“是什么东西？”

我没回话，只是凝望着她，静静欣赏她的四分之三侧面。
她察觉我正注视着她，也不追问，嘴角拉出一抹微笑。
虽然只是一抹，却是重逢至今，我第一次看到她的笑容。

已经十几年了，她这种笑容还是像闪电一样，闪一下就停。

而闪电瞬间发出的光芒，还是足以照亮整片夜空。

“是不是觉得我变胖了？”她问。

“你根本没胖。”

“你眼睛有问题。我明明胖了。”

“有吗？”我打量她全身，“没有啊。”

“这表示一个月不够久。”

“什么意思？”

“如果我们更久才见一次面，你一定马上看出我胖了。”

“为什么？”

“太常见面可能感觉不出差异，久久见一次才会察觉到变化。”

“你的意思是为了看出你变胖，我们得更久才见一次？”

“嗯。因为你感觉不出差异。”

“察觉变化有那么重要？”我问。

“起码可以知道你有注意我。”

“可是你根本没变胖啊？”

“那表示你没有关心。”

“你怎么这么不讲理？”

“觉得我不讲理，就不要跟我说话。”

她稍微加快脚步，我们不再并肩。

还没走到影印店啊，起码让我撑到影印店吧。

回到她左后方一步的位置，再走一分钟就到店门口。

但这一分钟却是寂静而漫长的。

“我自己进去。”她说。

“我在外面把风。”

她面无表情地走进店里，我在外面等。

才十分钟的路程，却无法让温馨的氛围有始有终，

竟然在最后一分钟出现刀光剑影。

也许我和她之间所走的路，本来就不平顺，总是坎坷的吧。

“走吧。”五分钟后她走出店门。

“嗯。”

我们默默走着，我维持在她左后方一步的位置。

还想看她的四分之三侧面，这次起码要撑到她家楼下。

我鼓起勇气，迈开大步与她并肩。

“我终于知道你变胖的原因了。”我说。

“什么原因？”

“因为食言而肥。”

“我食言？”

“你说过下次一起吃饭，结果却没有。”

“我又没说下次是什么时候。”

“不然多久？”

“三个月吧。”

“啊？”我几乎大叫，“三个月？”

“嗯。我们最多只能三个月吃一次饭。”

“一年才吃四次，吃完剩下的 98 家面店要 25 年耶！”

“如果我们还有 25 年，反而是好事。”

“那见面呢？”我问。

“最多一个月碰面一次。”

“那么久？”

“现在我要更小心，不要跨越心中的红色界线。”

“见面会越线？”

“如果太常见面，一定会。”

我心头一震，没有回话。

“我一定胖了，因为一直吃夜宵。我以前没吃夜宵的习惯。”

“为什么开始吃夜宵？”我很纳闷。

“因为陪你而太晚睡。肚子会饿。”

“我已经不敢再让你晚睡，所以这几天你应该没吃夜宵了吧？”

“还是有吃。”

“为什么？”

“怕你深夜突然想说话却找不到人可说。”

“你……”我有点激动，说不出话。

“没想到十几年的习惯，被你轻易打破。”

“你还是恢复 11 点之前上床睡觉的习惯吧。”

“再说了。”她耸耸肩。

“那你是感觉自己胖了，还是称重后发现胖了？”我问。

“干吗称，一定变重。”

“所以你根本没称？”

“没。多吃东西一定变胖，不用称就知道。”

“啊？”

“我说得不对吗？”

“你那么美，说什么都对。”

她突然笑了起来，很灿烂的笑容。

就是那种我已经十几年没看过的很干净的笑容，

会让人心情变好、整个人放松的笑容。

回来的这段路，刚好走了十分钟，十分完美。

“小心骑车。”她说。

“我没机车了，这几年都是开车。”

“我知道。但我习惯这么说。”

“这是你十几年前才有的习惯吧？”

“嗯。但这习惯不会变。”她说，“而且我很喜欢对你说小心骑车的感觉。”

“为什么喜欢？”

“不知道。”她又耸耸肩，“感觉说了这句，你就会很平安。”

我笑了笑，说了声 bye-bye。

“小心骑车。”她说。

记忆中的那片草原，在这阵春雨过后，

所有的翠绿茂盛与芳香，似乎都被唤醒了。

“爱是可以量化的吗？”她问。

“应该可以吧。”

“如果爱可以量化，真想知道你到底多爱我。”

“以高度来说，是喜马拉雅山。

“以深度来说，是马里亚纳海沟。

“以长度来说，是尼罗河。

“以面积来说，是太平洋。

“以空间来说，只有小小的，我的整颗心。”

向着天空发芽的种子，经过雨水的滋润，开始茁壮。
于是我们偶尔会在MSN上互通讯息。
如果双方都上线，就直接在线聊天。

有些人在网络上健谈，在现实生活中话很少，有些人则反之。
而她，无论在网络上或在现实生活中，应该是一样的。
而且虽然在网络上看不到表情、听不到语气，
但跟她对话的感觉，也和面对面交谈时无异。

虽然认识不久，见面交谈的时间也不长，
但我们在网络上交谈时，却像熟识而且经常聊天的朋友。
仿佛总有说不完的话题，仿佛很想分享生活中的大小事。
我们似乎不在乎外界扰动，以为时间已经静止，
所以常常一聊就是好几个小时。

我们没有国家大事要讨论，也没有人生哲理要研究，
只是单纯分享心中的感受和感触。
分享久了，有时感觉她真的很了解我，
我也莫名其妙地有很了解她的感觉。

有次她觉得打字太慢了，便给了我一组数字，是她家的电话号码。
她要我五分钟之后打，我一秒不差在五分钟后拨打那组数字。
电话通了，听到“喂”的一声，好像十岁小女孩的声音，很稚嫩。
“请叫你阿姨来接电话。”我说。
“笨蛋。我就是。”

不是没听过她的声音，但经过电话线路催化，她的声音变得稚嫩。
那种稚嫩不是撒娇或嗲，而是一种天真和干净，听起来很舒服。
我很喜欢听她的声音，没有多特别的理由，就是喜欢。

如果我的心装了一道锁，需要正确频率和振幅的声音才能开启，
那么她的声音刚好可以开启这道锁。
每当听到她的声音，我的心门就会打开，释放出满满的喜悦。

后来我们在线聊天时，如果懒得打字便用电话取代。
但即使是用电话，也可能讲几个小时。
挂完电话后，我总是很惊讶逝去的时间。
而且到底聊了些什么，记得的并不多。
她让我完全理解了相对论，

在明明是100分钟却仿佛只有10分钟的电话时间里。

可能听她的声音听多了，有时脑海里会莫名其妙地出现她的声音。
尤其在夜色浓烈得像一杯苦涩的咖啡，环境和自己都很安静，
仿佛所有声音都睡着时，她的声音在脑海里会特别清晰。
我甚至还可以跟她的声音对话呢。

“还不睡吗？”脑海里是她的声音。
“所以我现在是醒着吗？”我自言自语。

跟她聊天并非总是一帆风顺，有时会突然出现刀光剑影。
这时她完全不出声，一片死寂，甚至连她的呼吸声都听不到。
我想她要么肺活量很大，要么很会游泳，因为太会憋气了。
她憋气时不会挂电话，我也不敢挂，但完全没声音的氛围太怪了，
我只好一人分饰两角，自己说话，再学她的口吻回我。

幸运的话，大概三分钟后她会破冰而开口。
如果不幸……
我不敢多想，但目前她保持的纪录是15分钟。

有次又突然出现一片死寂，只好一面分饰两角一面拼命想怎么了，
但想破脑袋也想不出我到底说了什么大逆不道、犯上作乱的话。
眼看就要打破纪录了，才仿佛听见细细的呼吸声。
仔细一听，真的是有规律的呼吸声。她该不会睡着了吧？

我自言自语三分钟后，接着唱完许茹芸的《独角戏》，
最后从 1 慢慢数到 20，还是只听见她细而规律的呼吸声。
我确定她睡着了，便轻轻挂掉电话。

深夜交谈时总是呢喃细语，仿佛是呓语。
有时会有身在梦境的恍惚。
如果这一切真是梦境，那么我可能醒不过来。
因为每当我挂断电话后，还是会觉得蒙眬恍惚。

“我给你的感觉是什么？”我曾在电话中问。
“嗯……”她想了一下，“像床一样。”
“床？”
“床给人的感觉是放松和舒服，就像你给我的感觉一样。”
“谢谢你的赞美。”
“但不是每张床都会令人舒服。”

“啊？所以我是张不舒服的床？”我很惊讶。
“差不多是这意思。”
“你可以送佛送到西吗？”
“嗯？”
“如果你要赞美，请好好赞美。不然分不出是赞美还是抱怨。”
“我有好好赞美呀。”
“像床一样舒服，却又是张不舒服的床。那么是舒服还是不舒服？”

“我也不知道怎么形容。和你一起时我总感觉放松、自在与舒服。但不知道为什么，心里又会觉得怕怕的，那感觉并不舒服。”

“怕？”我很纳闷，“你怕什么？”

“不知道。反正就是怕。”

“噢。”

她描述感觉时用的文字常常很抽象，并不具体。

有时我可以理解她抽象的表达，甚至还会有同感。

但像床一样舒服却是张不舒服的床，我不仅不理解，也觉得矛盾。

开学了，这是我和她在大学生活的最后一年。

比起暑假期间，我们比较少在线遇到。

但只要一遇到便会聊天，懒得打字时还是会用电话取代。

于是她又给了我第二组数字，是她住宿地方的电话号码。

她家在这座城市，照理说并不需要在外住宿。

但她一直想离家住宿，终于在大三时跟社团的学姐学妹合租一栋楼。

打这栋楼的电话号码有个好处，就是不会有警报。

而打她家里的电话时，她怕母亲发现她深夜讲电话，

偶尔会突然说：“有警报。”

这时我会拿着话筒不出声，直到她说：“警报解除。”

开学快一个月了，我们通了六次电话。

明明在同一所学校，只讲电话不见面好像有点怪。

但又没有什么非见面不可的理由。

我其实想见她，但始终找不到理由或借口。

“明天是礼拜二，你下午五六节有课。”我说。

“对。”她问，“怎么了？”

“你下课后有事吗？”

“没事。”

“你会不会觉得下课后没事，很空虚？”

“神经病。”她笑了。

“告诉我你现在的表情。”笑声停止后，她说。

“表情？”我摸了摸脸，“我不会形容，大概像苦瓜吧。”

“我想看你的表情。”

“怎么看？”

“明天第六节下课后五分钟，在M栋侧门水池边碰面？”她说。

“好。”

“告诉我你现在的表情。”她说。

“像甜瓜了。”

我说完后，我们同时笑了起来。

她上课的教室在M栋，那应该是她的地盘。

但我从来只是经过，没进去过，印象中没看见过水池。

隔天我特地提早几分钟去找水池，但绕M栋转了一圈也没找到。

M栋侧门旁有男厕所，难道侧门水池边是指男厕所？
因为男生厕所里的小便斗如果不通，就会形成黄色的水池。
但她应该不会有这种幽默感，而且怎么可能约在男生厕所？

我再绕M栋转一圈，还是没发现水池。
打算找个人问时，突然在不远处看见她的身影。
我往她的方向走，穿过树林，在离侧门50公尺处看见水池。
这水池只有教室的一半大，又被几棵大树和灌木丛环绕，
如果不走近，根本无法发现。

她坐在水池边的圆石椅上，视线朝着水池，背对着我。
虽然理应是下午时分热闹的校园，但这里异常安静。
我缓步向前，在离她五步远时，停下脚步。
因为我突然不知道是要开口打招呼，
还是直接坐在她身旁另一张圆石椅上。

以见面来说，我们没见过几次面，而且距离上次见面已经一个半月了，
所以算不太熟，应该先微笑着走过去跟她打声招呼说好久不见。
但以电话或网络上的交谈而言，我们已经累积了数十个小时的经验值，
而且昨晚才讲了一个小时的电话，应该算很熟了，
可以直接坐在她身旁的石椅上开玩笑说：“今天怎么有空约我出来？”

我跟她，算熟，还是不太熟？
在我犹豫该以哪种角度看待我和她的关系，

不知是要微笑打招呼还是直接坐石椅时，
她回过头看着我。

“你迟到了。”她说。
还没决定该怎么做，她却先开口说这句，我不禁愣了一下。
“你迟到一分钟了。”她又说。
“一分钟？”
刚刚在她背后犹豫的时间恐怕超过一分钟，所以我应该没迟到吧。

“你一定认为，迟到一分钟没什么了不起。”
“我什么都没说啊。”我说。
“迟到一分钟就是迟到，难道杀人时只砍一刀就不算杀人？”
“算杀人，没错。”
“那你竟然还迟到？”
“我……”

“你有想过珍惜吗？”她问。
“珍惜什么？”
“所以你根本不珍惜。”
“喂，这结论下得莫名其妙。”
“你如果不珍惜，我们可以都不要见面。”
“你怎么这么不讲理？”
“觉得我不讲理，就不要跟我说话。”

她把头转回，视线又回到水池，不再说话。
我也不知道该说什么，只能站在原地。
我们都保持沉默，让原本安静的这里，更加安静了。
这样耗下去我很吃亏。因为她坐着我站着，我比较累。
“水里有鱼吗？”我试着开口。

她依然没说话，只是看着水池，身体动也不动。
我也是动也不动，但我的脚开始酸了。
我抬起头看着天空，蓝天白云，午后阳光从树叶间洒下来。
“天上有飞机吗？”她终于开口。
“没有。”我揉了揉双腿，“我只是在想，为什么还没下雨。”

“这么好的天气，怎么可能下雨？”她问。
“可是应该下雨才对。”
“为什么？”
“刚刚你拼命打雷闪电，照理说马上就会下雨了。”

她转过头看着我，脸上闪过一丝笑容，但闪一下就消失了。
这是很好也很美的闪电，可以照亮所有阴霾。
困扰着我的问题终于有答案了，答案是：我跟她很熟。

我走到她身旁的石椅边，坐了下来。
“对不起。”我说。
她没回话，只是静静看着水面。

我也看着水面，不再多说。

这圆形水池周围由石头砌成，又被树木和灌木丛环绕，人迹杳然，像隐身在校园中的桃花源。

阳光只能从树叶间洒下来几点，地上散落了些枯叶。

我和她分坐在池边两张石椅上，微风拂面，很宁静也很舒服。

“水里有鱼吗？”过了许久，我先打破沉默。

“应该有吧。”她说。

“你有想过珍惜吗？”我问。

“珍惜什么？”

“所以你根本不珍惜。”

“不要学我说话。”

“你如果不珍惜水里的鱼，我可以把鱼都捞光。”

“神经病。”

“你刚刚就用这三部曲对付我耶。”我笑了笑。

“本来就是。”她说，“我说得不对吗？”

“你那么美，说什么都对。”

她先是愣了一下，随即又闪过一抹笑容。

“好久不见了。”我说。

“嗯。”她点点头。

“最近好吗？”我问。

"现在很好。"

我们同时笑了笑，然后又恢复静默，继续享受校园中的宁静。

从此偶尔她下课后，会约在 M 栋侧门水池边碰面。

我们都没有特地想个见面的理由，只是单纯约好见面，

仿佛她下课后我们在水池边碰面是再自然不过的事。

我总是提早到，然后静静等她出现。

我和她会坐在水池边的石椅上说说话，或是看着水面享受宁静。

每当我凝视水面时，常会出神，甚至有正看着她眼睛的错觉。

我很喜欢她的眼睛，它有一种很有深度的美。

眼睛的美有很多种，多数是表面的。

但她眼睛的美，很深很深。

如果把她的眼睛比作一面湖，这面湖当然漂亮，

所有经过的人都会说："好漂亮的湖。"

但湖的漂亮不只是平面的，尤其她这面湖是立体的，平面不足以形容。

而且湖不只有表象意义上的美，还有抽象意义上的美。

多数人只看到湖面，了不起看到湖边，但我仿佛可以看到湖水深处。

一面湖即使漂亮，但只要水浅，漂亮就有限，

而她这面湖很深很深，感觉湖水里有好多东西，丰富而立体。

这是表象意义上的美。

如果在湖边坐下，凝视湖面很久，甚至闭上眼睛，
当起身离开时，会发现自己变轻了，心情变舒畅了，空气变柔和了。
这就是抽象意义上的美。
我以为，这才是这面湖最美的地方。

可能是我太喜欢看她的眼睛，所以每当四目交接，便是凝视。
刚开始我会在几秒后轻轻移开视线，有时是她先移开视线。
渐渐地，凝视的时间变长，可能将近一分钟，才有一方移开视线。
到后来，我已经忘了凝视的时间有多长，甚至移开视线后，
还是有正看着她眼睛的幻觉。

我惊觉，我好像溺水了，因为我总是游不出她的眼神。
而她的眼睛，也越来越清澈、越来越深邃。

有次在水池边等她时，只见她抱着三本厚厚的书走来。
“我想去图书馆还书。”她说。
“书给我。”我说，“我陪你去。”
她把书给我，我双手拿着，跟她一起走向图书馆。

一路上我们没有交谈，她一副若有所思的样子。
“可以拜托你一件事吗？”她突然停下脚步，说。
“请说。”我也停下脚步。
“我希望我们可以做很久很久的朋友，很久很久。”
“当然好。可是你为什么突然这么说？”

“我现在终于知道我怕什么了。”

“你怕什么？”我很疑惑。

“明明床给我的感觉就是放松和舒服，为什么会害怕呢？”她说，“因为怕离不开、不想离开，却一定得离开。”

“离开？”

“床不是不舒服，相反，正因为舒服，只要一躺下就会起不来。但我一定得起来，所以我怕的是那种起不来的感觉。”

像床一样舒服却是张不舒服的床，我好像能理解这个意思了。

我看着她，突然觉得她的眼睛像夜里的大海，充满未知。

“我们要做很久很久的朋友，很亲近。但不可以亲近。”她说。

我已经可以理解她这种看似矛盾的抽象表达了。

“我可以在心里筑起高墙吗？”她问，“可以吗？”

“可以。”但我的双手几乎拿不稳书。

然而在意识到该筑堤防时，洪水已经来到眼前。

5

就像某些遗忘的记忆突然清晰地出现在脑海里一样，
某些以为已逝去的情感也会涌上心头，突如其来，猝不及防，
而且依旧炽热。

爱情像拔河一样，在双方僵持不下的时候，只要一方放手，
另一方就会受伤。
失去她音讯那瞬间，我便跌跌撞撞，遍体鳞伤。

然而失去她的当下并不算最痛苦的，
最痛苦的是失去她之后的日子竟如此艰难。
时间变得非常缓慢，但每一秒都很结实而锐利，
在我心里切出一道道又深又长的伤口。

她离开后的头几年，她变成了一种偶尔由朋友的朋友口中，
才知道住在哪座城市、做什么工作的陌生朋友。
再过几年，便一无所知了。
她就像从人间蒸发了。

时间久了，跟她之间的所有记忆仿佛已经是上辈子的事了，
跟这辈子的我无关。
我只是忘了喝孟婆汤或喝太少，于是残存一些前世的记忆而已。

我知道，我被困住了，无法从跟她有关的记忆中走出来了。
我得把这些记忆，放进大门深锁的记忆仓库，任它尘封。
因为没了这些记忆，我才可以重新开始。

《韩非子》里提到，龙是一种温驯易亲近而且可以骑的动物。
但龙的喉咙下方有一块倒生的鳞片，叫逆鳞，
一旦有人碰触这块逆鳞，龙立刻性情大变，凶狠地杀人。
于是在心底某个受伤的角落，她似乎成了我的逆鳞。
只要轻轻碰触这块逆鳞，我的心脏就会瞬间瓦解崩溃，
所以我一直小心翼翼，不让任何人，包括我碰触这块逆鳞。

这世界总是要让人的心成长或成熟或更懂得衡量现况，
但我的心一直拒绝成长。
好像从她离去的时间点开始，我便锁上了心门。

我逐渐明白，为什么在十几年的完全空白后，再遇见竟然能够如昔。
因为那些情感或记忆，从不曾消失，只是被埋藏得很深很深。
当尘封的情感或记忆被唤醒，也感受到那股炽热的温度后，
我和她该如何？

曾听过一个笑话，小明和小华去爬山，小明跌下山崖，
小华赶紧打小明的手机，问：“你伤得严重吗？”
小明说：“我没受伤。”
小华说：“太好了。那你可以自己爬上来吗？”
“恐怕不行。”小明说，“因为我还没落地。”

现在的我跟小明一样，也是还没落地，正在失速坠落中。
或许跌到地面后，我会死或重伤或手脚断裂，我不知道。
我只知道，我还在失速坠落中，无法做出任何反应。

我只能接受她在心中画的那条红色界线：最多一个月碰面一次，
最多三个月吃一次饭。
这条红色界线还限制了什么，我不知道。
起码没限制 Line。

“你在忙吗？”她传来。
“还好。怎么了？”
“去收信。”
打开信箱，收到她寄的文件档，看来应该是计划的期中报告。

“期中报告还要两个月才交吧？你现在就开始写了？”我回。

“我性子急，想赶快写完。我写一天了，连午饭都没吃。”

“现在都快下班了，你不会饿吗？”

“还好。只是想吃甜的。”

“那你赶快下班吃饭吧。”

“不行。我要继续写。你先看有没有问题，晚上再跟我说。”

我知道她性子急，也很倔强，大概还要再写几个小时才会下班。

可是午饭没吃，又到了快吃晚饭的时间，而且还一直忙。

那么她挺得住吗？

我突然回忆起初见她时，她中暑的情景。

我立刻下班，开车到星巴克买了一杯抹茶，挑了两块抹茶蛋糕。

再开车到她上班的地方，拿着纸袋装的抹茶和蛋糕，坐电梯到五楼。

走进办公室原本想找个人询问，却发现她坐在离我五步远的位置。

她正盯着计算机屏幕打字，背影看起来很专注。

我不想惊扰她，犹豫了一下，拿出手机调成振动，传个讯息。

“你往后看。”

她的计算机里应该有灌 Line，只见她敲打键盘，我便收到：

“你不知道我正在忙吗？”

“知道。而且也看到了。”

“神经病。这样很好玩吗？”

“我不是在玩，是要你往后看。”

“你到底想干吗？”

“只是要你往后看啊。”

她终于转过头，一看到我，似乎吓了一跳。

我走近她，从纸袋拿出抹茶和两块抹茶蛋糕，轻轻放在桌上。

“你先吃。我走了。”

我笑了笑后，转身离开。

没想到她起身离开座位，跟了上来。

“你赶快先吃。吃完再写。”我说。

“至少陪你到电梯口。”

我们一起走到电梯口，我按了往下的按钮，电梯很快到了，门开了。

我走进电梯，她又跟着我进来，按了“1”。

“至少陪你下楼。”她说。

5、4、3、2、1。电梯门开了。

“你快上去。我走了。”

“至少送你到门口。”

“还有什么至少吗？”一起走出大楼后，我说。

“至少陪你走到你的车旁。”

再走了一分钟，到了我的车旁。

“抹茶是热的，我也多拿了一包糖。你要趁热喝。”我说。

“等一下没关系。”

“赶紧吃完。你还有很重要的东西要赶，不是吗？”

“你出现了，哪来更重要的事？”她说。

她微微一笑，而我只是看着她深邃的眼睛。

恍惚间，脑海里竟然清晰出现 M 栋侧门水池的景象。

已经十几年没去那里了，没想到现在却能看到水面细碎的波纹。

“你还是赶快吃，然后再写一点就好。早点下班。”我说。

“你很忙吗？”

“我没忙，是你要忙。你赶快写完赶快下班。”

“好。我知道你忙。”

她说完便转身离开，但走了几步后，停下脚步回头说：

“小心骑车。”

我点点头，说声 bye-bye 后，开车走了。

回家看完她寄的期中报告，已经九点半了。

“回家了吗？”我传给她。

等了半个多小时，才已读。然后她回：

“刚到。洗完澡后跟你说。”

“你为什么急着走？”过了一会儿，她传来。

“只是希望你快吃，只是怕耽误你写，只是要你早点下班。”

“我感觉你在催促我：快点道别。所以只好告诉自己：你很忙。”

“根本没忙啊。不然就不会绕路去星巴克买甜的东西给你吃了。”

“我也是怕你忙，耽误你的时间，于是就不说想做什么了。看来我们都用极细微的方式体谅对方，想着这样是为对方好。”

“你原本想做什么？”我问。

“我想做的，只是和你走一圈，缓缓地。”

“其实我也是。”

我回完后，我们同时沉默。十分钟后，她才回。

她给我一组数字，要我五分钟之后打。

我一看就知道，那是她给我的第一组数字，她家的电话号码。

没想到已经十几年没打过了，我不仅记得，而且如此熟悉。

我一秒不差地在五分钟后拨打那组数字。

“喂。”她接了。

“请叫你阿姨来接电话。”我说。

她愣了愣，然后笑了起来，越笑越开心。我也跟着笑。

或许她感染了我，或许我感染了她，

不管是谁感染谁，此刻我和她都得了不笑就很难过的病。

“当初那个小女孩，现在已经是阿姨了。”笑声终于停止后，她说。

我们开始天南地北地聊了起来。

没有特定主题，只是想到什么说什么。

好像要把十几年没说的话，一口气在今晚说完。

那些逝去的，讲电话讲到快睡着的深夜、仿佛身在梦境的深夜，

今夜都回来了。

这通电话讲到凌晨三点，什么都谈，就是没谈到那份期中报告。

最后是我听她的声音已像在说梦话，求她去睡才挂断。

我可不想再听到她细而规律的呼吸声，

而且我已经忘了怎么唱许茹芸的《独角戏》。

我们又通了几次电话，每次都聊得很轻松很尽兴，

最后也都是我催促她睡才挂断。

每次挂断后，我会有不知道现在是公元几年的恍惚。

得想到明天要上班，设定好闹钟后，时间才回到现在。

在电话中，失去音讯的那些年，她经历过什么，我不问。

我经历过什么，她也没问。

或许知道一点，或许知道一些，或许几乎都不知道。

但对于没有共同经历的日子，我们似乎都觉得那就没意义了。

时间改变了我们一些。

依然喜爱夜里翩然，只是少了当夜猫子的本钱；

依然有说不完的话题，只是缺了时间和机会；

依然会想分享生活中的大小事，只是少了理由和勇气。

但时间也只改变了我们这么多。

“我们还是不要常讲电话。”她传来。

我心头一凉。过了一会儿才回：“那么多久讲一次电话？”

“没有多久讲一次的限制。”

“真的吗？”

我大喜过望，马上再传了一张“耶”的贴图。

“只有一个限制。”她回。

“只要你不规定多久讲一次电话，那么要杀要剐，悉听尊便。”

“电话中只能讲公事。”

“啊？”

“如果讲公事，每天讲都行。讲别的，马上挂。”

“为什么要这样？”我回。

“因为我们要做很久很久的朋友，很亲近。但不可以亲近。”

我叹口气。时间果然也没改变这个。

“不要常常限制很多。”我回。

“我只是小心地不要跨越心中的红线，任何可能伤害到你的事情，我都会远离。”

“不讲电话才会伤害。”

“我们要做很久很久的朋友，很亲近，但不可以亲近。”

“够了。你是要讲几次？”

我突然无名火起。

“见面限制、吃饭限制，连讲电话也要限制。你一定要这样吗？”

“你知道原因。”她回。

“我什么都不知道，只知道原本可以的，突然不行。即使不能跨越红线，那你可以选择人性一点的表达吗？”

“这么有力气就把心力拿去做别的事，不要生气。”

“我只是期待落空，很伤。如果说了对你不公平的话，请别介意。”

“骂完再安抚，表示你现在平静了。”

“我有先天性心脏病，很难平静。”我回。

“真的吗？什么样的心脏病？”

“我很容易心碎。”

“神经病。”

其实我的心脏早已被她训练得很坚强。

她只要一个眼神、一抹微笑、一句话语，就可以让我心情飞上云端，

但同样也可以只用一句话语就把我打落谷底。

我的心情常在很短的时间内，在正负之间振荡，振幅非常大。

心脏早已习惯这样的折腾。

“要出来走一圈吗？我在成大的云平大楼。”她传来。

“好。我马上过去。”

“嗯。我等你。”

“不要站在定点等，要走来走去。以免被陌生人搭讪。”

“神经病。快来。”

我火速出门，开车时想到上礼拜拿抹茶和蛋糕给她，不就碰面了？

不是一个月才可以碰一次面吗？那今晚？

算了，不要提醒她这点，装不知道。

到成大附近停好车，只花了 12 分钟。

走进成大，还没走到云平大楼，远远便看见她站在一座雕像前。

虽然现在大约晚上十点，但只要有微弱的光线，就足以让我发现她。

我绕了一下路，走近她背后。

“小姐，一个人吗？”我说。

她转过头看到我，点点头说：“嗯。”

“有心事吗？”

“我没有心，哪会有心事？”

“你没有心？”

“嗯。”她说，“我的心早给人了。”

我愣了愣，没有接话。

“你还要演吗？”她说。

“噢。”我回过神，“不是叫你要走来走去吗？”

“走累了。”她说。

“抱歉，来晚了，让你等了 14 分钟。”

“14 年都等了，没差这 14 分钟。”

我又愣了愣。

她转身向前走，我立刻跟上。

以前我们也经常在夜里一起散步，没有特定的目的地，就只是走。

遇到岔路，总是右转，因此常常会顺时针绕一圈。

夜里的她比较安静，连说话声音都变小了，有时我还会听不清楚。

至于走多久就看运气了，因为只要回到原点，她就不走了。

今晚运气不错，这一圈应该会很大。

“今晚你为什么来这里？”我问。

“想陪你走一圈。”

“嗯？”

“上礼拜你拿抹茶和蛋糕来找我，那时没陪你走一圈。今晚陪你。”

“可是不是一个月才可以……”

话一出口就觉得不妙，只好紧急刹车。

“我心中的红色界线，很有弹性。”她笑了起来，“我很善变吧？”

“你只是任性。”

“是呀。”她叹口气，“谢谢你包容我。”

我笑了笑，没多说什么。

“每当我想更严格地遵守那条红线，甚至完全不见你、不联络你时，

我就会想起重逢那晚你说的那句话。”

“哪句？”

“我们已经没有另一个十四年了。”

“是啊。”我也叹口气。

“只是陪你走走，应该不会下地狱吧？”她问。

“不会。”

“如果想见你就见你，也不会下地狱吧？”

“也不会。”

“如果会呢？”

“那就下吧。”

“好。”她竟然笑了。

以前就觉得她很像旋涡。

在旋涡中，我有时觉得被用力甩开，有时却觉得被抓紧，

而夜晚的她，是比较会抓紧我的旋涡。

“你要睡觉前打电话给我。”走回原点后，她说。

“有公事要谈？”

“没。只是想听你跟我说晚安。”

“好。”

“只能说一句晚安。知道吗？”

“知道。我说完晚安，你就会挂电话。”

“不会。”

“真的吗？”

“嗯。”

“谢谢你。这样才有人性。”我笑了。

“要我也说晚安后，才会挂。”

“你真的很任性。”

“谢谢你的包容。”她笑了。

我先陪她走向她的车，送走她后，我再自己开车回家。

回家后大约 11 点，赶紧先打电话给她。

“晚安。”我说。

“晚安。”她也说，然后挂断电话。

一分钟后手机传出响声，是 Line。

“是要你睡觉前打电话给我。”她传来。

“不想让你太晚睡。”我回。

“我已经没有 11 点之前上床睡觉的习惯了。”

“改不回去了？”

“见面限制、吃饭限制、讲电话限制。如果 Line 里不能陪你到很深的夜，我还有人性吗？”

我想回点什么时，突然发现，她 Line 的头像换了。

换成了一杯抹茶和两块抹茶蛋糕的相片。

相片上还写了一句话：

Love is sort of encounter. It can be neither waited nor prepared.

翻译成中文，应该是：爱是一种遇见，既不能等待，也无法准备。

“你换头像了？”我问。

“嗯。”

“为什么换？”

“我想刻在心里，不想忘。”

“不想忘什么？”

“今生我们曾经这样相遇过。”她回。

“为什么你叫我猴子？”我问。

“看过猴子在森林中抓着树藤荡来荡去吗？”

“电视上看过。”

“猴子在荡来荡去时，要抓到一根新的树藤，才会放开原本在手中的那根树藤。”

“我会这样吗？”

“嗯。”她叹口气，“你是猴子。”

黄昏时分的M栋侧门水池边，实在是一个美好的地方。

池水清澈见底，四周树叶翠绿，橙黄色阳光照射在池面，波光粼粼。

如果有心事，应该在这里诉说；

如果有故事，应该在这里倾听。

“想听我的故事吗？”她说。

“请说。”

“有个大我一届的学长，我们在一起两年了。”

“噢。”我喉咙有些干涩。

“我和他虽不同年，却是同一天生日。因为这样，我觉得缘分很深，仿佛是注定……”

“注定？”我莫名其妙有了火气，“那每家医院每天的新诞生婴儿，都可以顺便举行结婚典礼了，因为都是同年同月同日生，而且还在同一地方出生，那更是注定。比你的注定还注定。”

如果依她的习惯，这时一定回嘴，而且会很尖锐。
但她却没说话，只是看了我一眼，眼神似乎有些歉疚。
“抱歉。”我更歉疚，“请继续说。”
“我不想说了。”

也好。我也没勇气听下去。
锐利的剑刺入身体，不用刺太深，只要一刺入就会痛。
但刺得越深，应该越痛吧？

“想听我的故事吗？”我说。
“不想听。”
“噢。”
“但你还是要讲。”

“她是我初中同学，高中时没联络，上大学后偶遇。虽念不同的大学，却在同一座城市。因为都是从同一个乡下地方来城市念书，彼此会特别照应。算一算，我们在一起快三年了。”我说。
“那每个乡下地方的初中毕业典礼，也可以顺便举行结婚典礼了。”

“你终于回嘴了。”我说。
“因为理由太牵强了。”

“是啊，很牵强。”我说，“但在一起不需要什么特别的理由。”
她没回话，坐在石椅上左手托腮，好像陷入沉思。
我走到她身旁的石椅边，坐下。

“还要我继续说吗？”我问。
“随你。”
“后来我和她……”
“我不想听。”她突然打断，声音的温度很低。

我的嘴巴冻住了，便不再往下说。
她也不再说话，眼睛凝视着闪烁夕阳余晖的水面。
我们同时沉默，直到水面不再泛着橙黄色彩。

“我主动跟他分手的概率，大概和林志玲嫁给吴宗宪的概率一样。”天色灰暗时，她说。
“其实你很有幽默感。”我说。
她似乎想笑，但嘴角才刚拉起便放下，感觉有些苦涩。

“在心里筑高墙根本没用。”她叹口气。
“其实也来不及。”
“嗯。”
“墙还在吗？”我问。
“早垮了。”
她转头看了我一眼，眼神有些迷蒙，像被浓雾笼罩的湖面。

“我的温度只有冰与火，很难掌控中间的温度。”她说，“虽然很想做很久很久的朋友，但我们不能是火，所以我只能回到冰。”

“我了解你。”

“我也知道你了解我。”

我相信在很多地方，她很了解我，甚至比我还了解自己。

就像我大概知道自己下巴的样子，但她可以很清楚地看到。

所以我常可以借着她的眼睛，看到更清楚的我。

对她而言，我应该也扮演类似的角色。

“该走了。”她站起身。

“嗯。”我也站起身。

“你会不会忘记我？”

“地球会忘了绕着太阳转吗？”

“其实你也很有幽默感。”她说。

我那时以为，这应该是我听到她说的最后一句话。

心里很庆幸，最后一句话是对我的赞美。

不像电视或电影上演的，女生说的最后一句话通常是：

你走、永远都不要回来、我恨你、永远都不想看到你。

我和她都知道，只要有相处的机会，我们无法维持住朋友那条线。

或许这世上有很多人如果不能当爱人，可以单纯地只做好朋友。

但她不是。她只有冰与火，没有中间的温度。

我应该也不是吧。

还好我们的生活没什么交集，只要不上MSN或上线时不传讯息，
再控制打电话的念头，我跟她可以完全没交集。
生活上可以努力做到活在两个世界，但其他方面呢？

这个世界上无法靠努力获得成果的，大概就是乐透和爱情。
常常再怎么努力，不爱就是不爱。
但反过来说，如果爱了，再怎么努力，也无法不爱。

思念是一种病，吃药也没用的那种。
尤其在寂静的深夜里，更容易想起她。甚至会因为想起她而失眠。
这并非我所愿，但我无法控制，也不能避免。
每当突然想起她，往往会想出了神，陷入一种失神的状态。
如果我是一只鸟，一定忘了摆动翅膀，于是失速坠落。

泰戈尔说：我的心是旷野的鸟，在你的眼睛里找到了天空。
她清澈而深邃的眼睛，就是我的天空。
然而我已失速坠落，回不去了，再也回不去了。
我已经回不到那片没有她的天空。

浑浑噩噩过了一段没有她的日子（我连过了多少天都没概念），
有天上课时又突然想起她，拼命想压抑却导致更想，完全失控。
思念像橡皮球，越压它，弹得越高。

我无法排遣这排山倒海而来的思念，只能找个出口宣泄。
下课后决定绕路去M栋侧门水池边。

我刚穿进树林，远远看见她坐在水池边的石椅上，视线朝着水池。
上次看到她，是秋末，地上积了些落叶，而现在落叶几乎铺满地。
如果地球绕太阳的公转方向仍然是逆时针的话，现在应该是冬天。
但我却有夏天回来了的错觉。

我停下脚步。
思考到底是继续向前走，还是转头向后走。
我相信未来不管经过多少年，我回顾此刻，一定会觉得这是转折点。
向前走或是向后转，将导致两种不同的人生。

我决定继续向前走，一直走到她身旁的石椅边，坐了下来。
她转头看了我一眼，竟然没有惊讶的表情。
“你为什么来这里？”她问。
“跟你的理由一样。”我回答。

我们都不再说话，可能不知道该说什么，或者只是单纯地不想开口。
过了许久，她突然弯身从地上捡起枯叶和枯枝，说：
“人家都说爱河爱河，将爱比喻成河，会让人陷溺其中。”
她将手中的枯叶和枯枝抛入水池，它们便缓缓浮在水面漂移、旋转。
“叶子和树枝，在河里可以悠游，自在而快乐。”
“嗯。”我点点头。

她左手从地上抓起一把沙子，右手捡了几颗小石子。

“可是沙子和小石子呢？”她又将沙子和小石子都丢入水池，“一旦落入水中，最后都会沉积在底部。”

“是啊。”我说。

“我和你一定不是叶子和树枝。那么我们谁是沙子？谁是小石子？”

“有差吗？不论沙或石，落水皆沉底。”

“没错。”她叹口气，“我们无法悠游，只能沉底。”

我们又静静看着水面。过了一会儿，她问：

“我是不是很坏？”

“你不坏。”

“可是我脾气不好、个性古怪。”

“那倒是。”

她转头像是瞪了我一眼，我笑了笑。

“我任性又没耐心，明明知道要跟你保持距离，可是……”

她叹口气，问，“我真的不坏吗？”

“不坏啊。为什么觉得自己坏？”

“这阵子我一直在否定自己。好像这样做，心里才会舒坦一点。”

我看着她的四分之三侧面，虽然她眉头皱起，但依旧完美。

“地球是圆的还是椭圆？”我问。

“应该是椭圆。但看起来是圆的吧。”

“嗯。不管地球是圆的或椭圆，都是圆。航天员在太空中看到的地球与拍摄回来的照片，都证明了一件事——地球是圆的。”

“你在帮我复习地球科学吗？”她有些疑惑。

我笑了笑，没回答她的问题，继续说：

“地球上有超过8800公尺高的珠穆朗玛峰，也有超过11000公尺深的马里亚纳海沟，两者加起来共有将近20000公尺的高低起伏。地球表面明明是崎岖不平的，怎么会是圆的呢？”

“你到底想说什么？”她更疑惑了。

我还是没回答她的问题，接着说：

“那是因为地球半径很大，约6400公里，20公里的高低起伏对地球半径而言，实在是渺小而微不足道的。所以在航天员的眼里，地球是圆的，而且很光滑。”

她没再发问，只是眼睛睁得很大。

“其实你就像地球。”我笑了笑，“或许你有一些缺点，像地球表面有高低起伏一样，但同时你也拥有地球半径的优点和特质。所以在我这个航天员的眼里，你始终是光滑的圆。”

她的脸上终于闪过一抹微笑。

“我知道你的外表、名字、年龄、生日，我知道你美丽、可爱、任性、没耐心、脾气不好、个性古怪、敏感又善变，我知道你不讲道理、没安全感、偶尔放我鸽子、常把我视为空气、喜欢无缘无故骂我、不喜欢听我把话说完，其他的，我不知道。”

“看来我的问题很严重。”她笑了起来，很灿烂的笑容。

“我不仅不知道，也不在乎。因为我不相信地球上有任何高低起伏，会破坏地球的圆形表面。你可知道我在太空中看到你这颗地球时，我是多么喜爱那种光滑的圆、多么喜爱那种湛蓝的美。”我说，“所以请你相信，在我眼里，你就是光滑而无瑕疵的圆。”

“那是你眼睛有问题。”她依然灿烂地笑着。

“在我心里也是。”我最后说。

她愣了愣，随即闪过微笑，依然是那种闪电般的笑。

她的眼睛此刻更清澈深邃，而她的四分之三侧面始终完美。

夕阳快下山了，气温开始降低，但我只觉得温暖。

“你地球科学不错。”她笑着说。

“我毕竟是自然组的。”我也笑了笑。

“该走了。”她站起身。

“等我一下。”我弯身脱去鞋袜。

“你在做什么？”她似乎有点惊讶。

“清理一下。”我卷起裤管，尽可能往上卷。

“清理？”她更惊讶了。

我赤脚站起身，向水池走了两步到岸边，左脚先伸进水里。

“喂！”她惊呼。

我右脚再踏入水里，两脚站定。

由于裤管只能卷到膝盖上方一点点，而水位到大腿，

所以裤子还是湿了 10 公分左右。

“快上来！”她大叫。

“要有公德心。”我说，“我要把你刚丢的叶子和树枝捞起来。”

“神经病。”她说，“快上来！”

我开始在水中一步一步缓缓走动，走了十步，捞起树枝，

再走两步，捞起树叶。

她一直站在岸边，很焦急的样子。

我慢慢走回岸边，起身离开水池，把叶子和树枝放在地上。

穿上鞋袜，把裤管放下，大腿以下都湿了。

“神经病。”她又说。

“我修正刚刚说的，我也知道你骂人时很单调，通常只有神经病。”

“神……”她立刻改口，“你裤子湿了，会着凉的。”

“没关系。”

“你到底在干吗？”

“如果这水面代表爱河，就让它保有最干净、最单纯的样子吧。”

她愣了愣，看了我一眼，然后轻轻点个头。

“我们是沙和石，虽然无法悠游，只能沉底，但我们也因此不会破坏水面的清澈和平静。”

“嗯。”她又点个头。

“会冷吗？”她问。

“不会。”

“下次可以不要这么神经病吗？”

“会有下次吗？”

她没回话，只是注视着我，最后点个头。

“我们以后会不会因为这样下地狱？”她问。

“以后或许会吧。但如果从此完全断了，现在就已经在地狱了。”

“嗯。”她点个头，“走吧。一起。”

“一起下地狱？”

“也可以。”她耸耸肩。

我愣了愣，随即跟她并肩走出树林。

“你赶快回去先换条裤子。”她说，“免得着凉。”

“好。”

“然后打电话给我。”

我看着她清澈的双眼，好像又回到最干净、最单纯的水面。

6

时序进入了梅雨季，天空总是阴沉灰暗。

下雨的时候，特别容易想起她，因为这是她最喜爱的天气。

没有音讯的那十几年，每当下雨的时候，

我的心仿佛在另外一个世界，离她很近。

虽然我根本不知道她在哪里。

印象中从没跟她一起在雨中撑着伞漫步。

如果碰到下雨，我们会躲在雨打不到的地方，等雨停。

现在重逢了，又碰到雨天，我只想跟她在雨中走走。

从没在她最喜爱的雨天里一起撑伞漫步，也算是遗憾吧。

“下雨了耶。”我传。

“我知道，也看到了，还被淋到。所以呢？”

“晚上出来走走？”

“我今天要加班。”

“噢，那改天吧。”

“不用改天，晚一点吧。十点左右。”

“好。”

没想到九点半时，她传来：

“下大雨，改天吧。”

“我好像已经习惯被你放鸽子了。”

“你不怕淋湿就可以，不要牵拖我的贴心。”

“拿伞就可以了。”

“好吧。我只是不希望你淋湿。”

提早五分钟到她家巷口，拿了伞下车。

啊？雨停了？

我很不甘心，还是撑开伞，等她出现。

“没雨了。”她下楼说，“撑着伞干吗？”

“雨随时会下，撑着比较保险。”我说。

“所以你一定吃饱了。”

“嗯？”

“吃饱了撑着。”

“其实你很有幽默感。”我笑了笑。

我只好收起伞，跟她并肩走着。

虽然雨刚停，但梅雨季节空气始终阴凉潮湿，雨也可能说下就下。

我的左手拇指轻放在伞柄按钮位置，可以第一时间撑开伞。

沿着人行道走，地面又湿又滑，我常条件反射似的伸出右手想扶她，

但总是伸到一半便僵住。

“知道我为什么最喜欢下雨吗？”她问。

“因为你的脾气跟雨有关。”

“嗯？”

“你常常打雷闪电。”

“我脾气是真的不好。”

“没错。”

啊，我回答得太快了。

“抱歉，我白目。十几年了还是改不掉。”我说。

“你说的是事实啊，又不是白目。”

“不，我该检讨。”

“你人很好，不必检讨自己。只有我该努力检讨自己。”

我开始流冷汗了。

以前如果她突然很温柔地说话，或是说我对她太好、她对我很糟，

或是说她以后不要任性、脾气会改、个性会改等，

我都会流冷汗。

我曾跟她形容，这叫屠刀式的温柔，

就像拿把刀轻轻抚弄你的头发，也许很舒服，却让人胆战心惊。

“你是不是工作太忙？”我小心翼翼地问。

“没。”

“压力太大？”

“没。”

“身体出毛病了？”

“也没。”

“那么你放下屠刀吧。”

“神经病。我要成佛吗？”

听到她骂一声神经病，我松了一口气。这才是正常的她。

“你总是不习惯我温柔地对你。”她说。

“如果老虎温柔地舔你的脸，还对你微笑，你会习惯吗？”

“你就是要我凶巴巴的，常骂你就是了。”

“对。反正让你骂是我的强项。以后请继续，也请尽量。”

她笑了起来，很灿烂的笑容。

“其实你温不温柔无所谓，只要正常就好。”

“我很正常呀。”

“你只要出现屠刀式的温柔，通常就是有心事。”

她似乎吓了一跳，突然停下脚步。

“有什么心事吗？”我也停下脚步。

“我最近又开始否定我自己了。”她说。

“因为我吗？”

“算是吧。”

我看着她的四分之三侧面，有心事时皱起眉头的样子，

跟十几年前一模一样。

“我想念我自己。”她说，“你能告诉我，我以前的样子吗？”

“你以前的样子跟现在一样。”

“是吗？”她偏着头，“我觉得以前的我，一定很自在、洒脱。”

“你从不自在、洒脱，你一向任性、固执。”我笑了笑，“你总是固执得像个受伤的狮子，任性得像个兴奋的猴子。”

“你才是猴子。”

“是啊。”我叹口气，“我只是在森林中抓不到新的树藤，于是只能在原地荡来荡去的猴子而已。”

“不要说这个。”她叹口气，“也不要叹气。”

“你自己还不是在叹气？”

“因为该叹气的人是我。”

我们短暂沉默，每当碰触这个话题，我们总是选择沉默。

“为什么想念以前的你？”我先打破沉默。

“我很想念以前那个可以恣意展现的自己。那个自己，是用小鸡黄、海水蓝、桔梗紫、鲜血红、柠檬绿所建构而成的颜色。”她说，“不像现在，只剩黑与白，一味地否定自己。”

“你还是喜欢使用这种虚无缥缈的形容。”我笑了出来。
她瞪了我一眼，我立刻止住笑。

“以前你就会否定自己，”我说，“不过如果拿现在跟以前比，确实现在的病情比较严重。”
“是吗？”
“因为你是地球。现在地球大气层的二氧化碳浓度比较高，所以暖化比较严重。”
“你还是喜欢讲地球科学。”

“你依然是光滑而圆的地球，我也还是航天员。”我说。
“还是吗？”
“嗯。”我点点头，“在我眼里是。”
“你眼睛还是有问题。”
“在我心里也是。”
她终于露出微笑，然后迈步向前。我继续跟她并肩走着。

“已经下交流道很久了，该回到高速公路上了。”我说。
“什么？”
“你还没告诉我，为什么你最喜欢雨天。”
“我不是喜欢雨天，”她说，“我只是喜欢下雨的时候。”
“差别在哪儿？”我有些疑惑。

“你记不记得以前有次在校园中散步时，突然下起雨？”

“我记得。那时我们赶紧躲进机械系馆避雨。”

“你记错人了。”

“不要挑战我对你的记忆。因为那些记忆都非常精准地放在脑子里，甚至是心里。像完美的艺术品一样，不会有一丝偏差或失误。”

“五朵粉红玫瑰变成三朵红玫瑰。”她哼了一声，“还好意思说？”

“那只是例外。”我干笑两声。

“我们是躲在电机系馆。”她说，“这也是例外？”

“对，只是例外而已。”我说，“而且机械插电就是电机，拔了插头就是机械，两者差不多。”

“你真的很敢说。”

“你不敢听？”

“对。”

“噢。然后呢？”

“没有然后。”她说，“我们原本该道别，但被雨困住，只好在电机系馆多待了半个小时。”

“所以呢？”

“所以什么？”

“你不是要告诉我，喜欢雨天跟喜欢下雨的时候，两者的差别吗？”

“以前我们在一起时，如果到了该道别的时候，我总是期待可以突然发生什么，让我们不用急着道别。”她说。

“其实你不要急着道别就好。”

“我很任性又固执，即使心里再怎么想多留一会儿，也会强迫自己一定要道别。我无法克服自己的这种个性，只能期待突然发生什么，让我不得不留下。”

“嗯。”我点点头，表示理解。

“那场突如其来的雨，让我们多相处了半个小时。”她说，“虽然只有半个小时，但我很开心也很满足，到现在还能感受到那股兴奋劲儿。”

“可是那时你说：想走却走不了。听起来你应该很闷。”

“我有语言表达障碍。”

“这哪是语言表达障碍？这叫心机重。”

“神经病。”她瞪了我一眼，“重逢那晚就告诉你了，我很不擅长用语言表达喜悦，而且心里感受愈汹涌，说出的话愈淡然。”

“噢。”

“你只会说‘噢’。”她又瞪我一眼，“从那次起，我就喜爱下雨的时候。只要我们在一起，到了该道别时，我总是期待下雨。”

“我还是觉得雨天跟下雨，好像差不多。”我说。

“雨天，是一种状态。而下雨，是一种征兆，仿佛老天要我们留下，不要急着走，所以它用下雨来暗示。”

她抬头看一眼夜空，还是没下雨。

“隐约雷鸣，阴霾天空。但盼风雨来，能留你在此。”她说。

我愣了一下，随即回答：

“隐约雷鸣，阴霾天空。即使天无雨，我亦留此地。”

“你也看了那部动画电影？”她问。

“去年看的。”我说。

“我也是。看来即使我们都没联络，还是会做相同的事。”

“嗯。”

“那些句子就是我的心情。”她又抬头看一眼夜空。

“我的心情也是。”

“那年出国，我很希望突然下雨。我心想如果老天突然下雨，那就是它要我留下，不要离开。”

“如果突然下雨，你真的不走？”

“一定不走。”她的眼神很坚定，“往机场的路上、进机场 check in、等候登机，到进了飞机、关上舱门那一刻，我一直期待下雨。”

“最后还是没下雨吧？”我叹口气。

“有。”

“那你还走？”

“是我眼里下个不停。”

十几年前最后一次见到她后，没多久她就出国了。

到底多久后出国？时间点我不清楚，因为是辗转得知。

什么时候回来？我就完全不知道了。

我一直把她出国的时间点，当作她松开拔河的手的瞬间。

现在才知道，她曾经期待老天给她一个不松开手的理由，
也知道她因为松开手而眼里不停地下着雨。

她停下脚步，我停在她身旁，一起仰望夜空。
我们停在骑楼的末端，往前就是一所中学的围墙。
离她家只剩 300 公尺，前 200 公尺是没有骑楼遮雨的人行道。
再走几分钟，就回到她家了。

“以前只要我们在一起，到了该道别时，我总是期待下雨。”
“现在呢？”
“现在也是。”她仰望夜空，说。
我不禁也抬头看着夜空。

咦？下雨了？真的下雨了！
“又下雨了耶！”我很兴奋。
“你有带伞，撑伞吧。”
“你刚刚才说这是老天的暗示，是征兆……”
“你有带伞就不算。”她打断我。
“为什么不算？”
“带伞就是一般的雨天，不是老天突然下雨。”

“明明就一样。”我说。
“带伞就是知道可能下雨，那怎么能说是老天突然下雨？”
“你没事叫我带伞干吗？”我很不甘心。

“是你自己要拿伞。”她说，“不信你看一下 Line 的对话记录。”

我拿出手机翻了翻出门前的对话记录……

“可是你说：好吧。那表示你也要我拿伞啊。”

“你说要拿伞，我又不希望你淋湿，当然说好。”

“可是……”

“撑伞吧。”她说。

“可以假装我没带伞吗？”我说。

“带了就带了，干吗假装？”

“但我的伞好像坏了。”

“明明好端端的。”

“坦白说，伞只是它的伪装，它其实是一把枪。”

“你很有幽默感。”她说，“但别挣扎了，撑伞吧。”

我抬起左脚，把左大腿当作支点，双手用力把伞往大腿一折，听到咔嚓一声。

“你在干吗？”她吓了一跳。

“这样伞算坏了吧？”我指着被折弯的金属伞柄说。

“神经病。”

“还不算吗？”我说，“没坏就再折，折到它坏。”

“我不想回答无聊的问题。”

“那就再折。”我作势要再折一次。

“喂！”她急忙拉住伞。

“伞算坏了吗？”我再问。

“坏了。”

“伞坏了，老天又突然下雨，这是它给的征兆，要我们多留一会儿。”

“神经病。”但她说完后，却笑了起来。

我们并肩站在骑楼的末端，看着下雨的夜，仿佛在欣赏美景。

斜斜的雨丝，在街灯映照下闪烁着白光或黄光，像金针与银针。

算深夜了，街上很安静，几乎没人影。

雨打地面的细微低沉之声，和偶尔经过的车子溅起水花的飞扬高亢之声，构成此刻天地间的声响。

“会痛吗？”她问。

“你问我，还是问伞？”

“问伞。”

“伞不会痛，它很爽。它原本以为只能直挺挺的，没想到还可以弯得这么漂亮。”

“可以认真回答吗？”

“噢。很痛。”我却笑了起来。

“你还笑得出来？”

“因为很开心啊。”

“我妈不知道会不会担心。”

“应该会吧。”

“她已经担心三十几年了。”她也笑了起来，“没差这几分钟。”

“你还笑得出来？”

“因为很开心呀。”

“如果不是几分钟，而是几小时呢？”

“在电机系馆躲雨的那半个小时，你也问了我同样的问题。”

“有吗？”

“你对我的记忆既然像完美的艺术品一样，不会有一丝偏差或失误，那么你一定记得我是怎么回答你的。”

“这……”我应该脸红了。

“我希望雨不要停。”她说。

“嗯？”

“我那时这么回答你。”

“抱歉。”我确定脸红了，“真的忘了。”

“这也是我现在的回答。”

梅雨季节的雨，总是连绵而细长，真要完全停，恐怕有点难。

虽然知道她太晚回家不好，虽然也希望她早点回家休息，

但此刻的我，一心只期待梅雨发挥正常水平，连绵不绝。

即使要停，也要苟延残喘。

“只要有一点点雨，就不走？”我问。

"好。"

"真的好？"

"反正我任性，随时想走就会走。"

"你怎么老这样？"我有点激动。

但她却笑了起来。

"你的确变得有些不同。"她说，"以前你总是温温的，无奈接受。现在意见不一致或我的冰冷温度出现时，偶尔会听到你高亢的嗓音，还看见你激动解释的神情。"

"不行吗？"

"可以。但什么年纪了还这么容易激动，这些年的历练到哪儿去啦？"

"因为你不在，所以没有历练。"

"最好是。"

"你是我的菩萨，你才能让我有所历练，修成五蕴皆空。"我说，"没有你给我历练，我只能成为容易激动的凡夫俗子了。"

"神经病。"她笑了。

我看着她的眼睛，这场雨似乎让她的眼睛更清澈了。

"我离开的第一年，在和你相隔不知多少距离的国度，每当我一个人在房间时，常会听到下雨的声音。"她说，"但当我打开窗户时，总是只看到晴空万里或寂静黑夜。"

"为什么这样？"

"可能是心里涌上来的思绪化为下雨的声音，泄了一室。"她说，

“那应该也算是一种遗憾吧。心里始终觉得如果临走时下雨就好了，这遗憾一直都在，才导致产生听到雨声的幻觉。”

“渐渐地，听到雨声的次数越来越少，这几年很少听到了。”她说，“分离的那段时间，是一首由雨声堆叠起来的乐曲。有时蒙蒙细雨，有时滂沱大雨，嘹亮与低沉夹杂其中。”

“你现在还会莫名其妙地听到下雨的声音吗？”

“如果还会，记得把我送去精神科医院。”她笑了起来，“因为这叫幻听，很可能是精神分裂的前兆。”

“好。”我也笑了，“其实我一直想找机会送你去精神科医院。”

“神经病。”她瞪了我一眼。

“不过看来你会先送我去精神科医院。”

“你如果继续白目，我会送你去。”

我们同时倾听雨声，似乎想确定雨声是真实存在的，不是幻听。

雨好像变小了，从下着雨变成飘着雨，从针变成牛毛。

雨越来越小，最后觉得搞不好雨丝没落到地面就飘走了。

终于完全看不见雨、听不见雨声。

这场雨跟十几年前一样，也是让我们多留了半个小时。

“走吧。”我说。

“喂。”她说。

“怎么了？”

“送我去精神科医院吧。”

“干吗？”

“我听到下雨的声音了。”她说。

“世界上有三大不可信：男人的承诺、女人的分手理由、命案现场死者坏掉的手表。所以请你谅解，我很难相信你的承诺。”她说。

“这说法不公平。”

“但同样地，如果有天我说要跟你分手，你也不要相信。”

“不要相信你说的分手理由？”

“不只是理由。”她说，“你更不要相信，我要分手。”

恋爱是一种错觉，久了就变成真的了。

或许一开始只是错觉，但现在已成真。
可惜我和她不是在对的时间点相遇，也不是在正确的位置相遇，
所以我们会很辛苦。

上次在水池边的谈话，对她而言，应该是限制级的掏心掏肺。
从此之后，她绝口不提她的他和我的她。
同样地，我也是。
这大概是认识她以来，我们两个很有默契的一件事了。

之后的日子看似没有改变，但明明在同一座城市甚至同一所学校，
要见面却不像以前那样自然，仿佛挑选结婚日子一样，得选个好日子。

甚至原本约好见面，她也可以临时取消，而且没有理由。

她说一定要学会控制温度，这样才能当很久很久的朋友。
可是她根本学不会，她像是低温偏执狂，习惯将自己控制在低温状态。
差别只在于是冰，还是霜。
一旦她意识到自己融化了，便立刻采取急冻模式，成为坚固的冰。

伏尔泰说：使人疲惫的不是远方的高山，而是鞋子里的一粒沙子。
如果要走长远的路，那条路好不好走、要走多久都是其次，
重要的是鞋子里那粒沙要先清掉。
是沙子让人疲惫，而不是艰难遥远的路途。

鞋子里的沙，看来很难清掉，会一直在。
要避免疲惫的方法，只能不穿那双鞋，或穿了鞋后不走。
我们已经穿上那双鞋了，无法脱掉，也不想脱。
但如果穿了鞋后不走，我们怎么会有长远的路？

我对未来险峻、崎岖、坎坷的路，早已有所觉悟，
而她似乎因为害怕走错路、害怕迷路，
于是选择站在原地。

有次在深夜里讲电话，她说想去便利商店买东西，要挂电话了。
“我陪你去吧。”我说。
“太晚了。”她说，“我自己去就好，你不用出门。”

“没关系。”我再说，“我陪你去吧。”
“嗯……”她大概思考了十秒，“好吧。”
以前她总是马上说好，不会考虑，更不会让我问第二次。

骑机车到她住宿的地方只要五分钟，但寒冷冬夜骑五分钟就够呛的。
停好车等她出现时，我突然觉得她很像旋涡。
在旋涡中，我有时觉得被用力甩开，有时却觉得被抓紧。
而我只是努力游着，既游不开，也不想游开，
所以我始终在旋涡中，上不了岸。

“谢谢你。”她出现时，我说。
“谢什么？”
“你像旋涡，我根本游不开，上不了岸，只能一直游。”我笑了笑，
“因为你，我变得很会游泳。”
“神经病。”
她的语气维持一贯的低温，不知道是冬夜较冷，还是她的语气较冷。

今夜寒流来袭，冷风刺骨。
她本来就怕冷，此刻身上手套、毛帽、大衣、围巾等装备俱全。
我很好奇，怕冷的人在寒流来袭的深夜，到底要出门买什么。

我们并肩走着，到7-11也只要五分钟。
一路上没有交谈，气氛比周围的温度更低。
“我进去买就好，你不用进去。”到了7-11，她说。

“狗走进7-11被赶出来，但羊走进去却没事。为什么？”我说。

“不知道。”

“因为7-11不打烊（羊）。”

“这好笑。”她忍不住笑了出来。

这阵子她总是阴霾，这是难得出现的阳光。

“我们两个生肖都属羊，一起走进7-11绝对没事。”我说。

“但我不想让你知道我买什么。”她的语气迅速回到低温。

“噢。”

我简单应了一声，看着她走进7-11。

如果我打开心门，和煦的阳光会照进来，温柔的微风会吹进来，
但暴雨也会打进来。

有时天气在短时间内急遽变化，我不知道要开启心门，还是紧闭。

心门在开开关关间，觉得累了，索性不管了，任它随风摆动。

而她，心门似乎已经关上，而且是防弹防爆的那种门。

她走出7-11，提了一个购物袋。

袋子里的东西，看形状大小，应该是一瓶易拉罐饮料。

如果买卫生棉，那我可以理解她刚刚那句低温的话，也会觉得抱歉。

可只不过是瓶饮料，有必要说“不想让你知道我买什么”吗？

“你有考虑开课吗？”我问。

“开什么课？”

“如何在短时间内讲话忽冷忽热的课。”我说，“你是大师。”

“我可以开的是从此不再说话的课。”

又是一记冷箭。

“把你的心门打开，很难吗？”我已经有点火了。

“不难。”

“那为什么不打开？”

“因为只要一打开，就再也关不上了。”

“那就不要关上啊。”

“我会怕。”

“你怕什么？”

“只要是黑黑的深洞，就会害怕跳进去。而一旦跳进去，再也回不来的恐惧也会有。”

“我像黑黑的深洞吗？”

“那种让我离不开、回不来的感觉很像。只要对你打开心门，就再也关不上，整个人会一头栽进黑黑的深洞。”

“所以你只能维持低温让我冻伤？”

“不是。”她摇摇头，“我只是不知道该怎么办而已。”

一直面无表情的她，此时眉头皱了一下，更添几分愁苦。

我突然想起前天晚上做的梦，依然是没什么逻辑的梦。

情节和场景都模糊了，只记得醒来时的感觉，很沉重。
梦里的我，似乎很清楚地知道我们正互相伤害对方，
但这既不是我们所愿，我们也无能为力。
只能眼睁睁看彼此愈伤愈重。

已经走回她住宿地方的门口，我们停下脚步。
“我是不是让你很为难？”我问。
她眼神有些茫然，没有回话。

“如果我让你为难，或难为，那我不会再打扰了。”我说。
“我明白你的意思。”她说，“谢谢你提醒我不要打扰你。”
“我是说我不会再打扰了。你哪只耳朵听到我提醒你不要打扰？即使耳朵重听，也不会把主词和受词搞混。”
“A说不打扰B，另一层深意就是请B不要打扰A，要识相点。”

“这另一层深意太扯了。”我说，“就好像公交车上男子的手摸到女子的屁股，于是说：抱歉，我的手打扰了你的屁股。原来另一层深意是女子的屁股打扰了男子的手。我真是太震惊了。”
“莫名其妙的比喻。”
“但很贴切啊。”我问，“你说是不是？”
“是你的头。”
我看她好像想笑却忍住。

“你选一个。”我说。

“选什么？”

“看是要闪电的笑，还是结冻的脸。你只能选一个表情。”

“神经病。”

她终于忍不住嘴角扬起，笑了一下。

“对不起。我刚刚声音有点大，你不要介意。”我说。

“看来你平静了。”

“我一直很平静啊。”

“最好是。”她哼了一声，“你每次都骂完才安抚。”

“其实我还没骂完。”

她瞪了我一眼。

“你连买什么都不肯让我知道，让我很沮丧。”

“你如果想知道的话，自己看。”

她把购物袋拿给我，我打开袋口看，是咖啡。

“你不是说你喝咖啡会心悸，所以从不喝咖啡吗？”我很纳闷。

“嗯。我不喝咖啡没错。”

“那你是帮人买的？”

“不。我买给自己的。”

“买咖啡又不喝，那你买咖啡干吗？”

“跟我们一样。”她说。

“什么一样？”

“我们又不能在一起，那现在干吗在一起？”

我愣住了，完全无法反驳她的话。

“好不容易出太阳，你就不能让太阳待久一点吗？”我叹口气。

“我说的是事实。”她语气稍暖，“不喝咖啡却买咖啡，就跟我们明知不能在一起却在一起一样。”

“不要说这个。”

“你不想听，那就不说了。”她的语气又结冰了。

“还有什么要问的？”她掏出钥匙，打算开门进去。

“为什么买咖啡？”

“这段日子如果想到你，我就会去买罐咖啡。”

“咖啡跟我有什么关联？”

“因为你爱喝咖啡。”她说，“买咖啡会觉得离你很近。”

“见个面就可以了。”

“还是会怕。”她说，“怕离不开、回不来。”

“你想太多了。”

“只要见你，久了后一定会离不开，所以我只能压抑想见你的念头，却无法压抑想你的心情。”

她似乎用力握紧手中的钥匙。

“买咖啡可以排解想念，也会让我有我们在一起的错觉。”她说，“到现在，我的小冰箱里已经满满的都是咖啡，可能装不下了。”

"那你还继续买？"

"因为想念从没停过。"

虽然她对维持低温得心应手，但也常常在冷到快结冰时，突然一把火把冰融化，甚至煮沸。

"冰箱装不下了怎么办？"我问。

"不知道。"

"不然请室友喝？"

"她们也知道我不喝咖啡，一定会问帮谁买的。"

"那你怎么回？"

"反正我不想让她们知道。"

"如果她们一直问你为什么呢？"

"对于自己喜爱的事物，我不用向任何人交代。"她说，"没有为什么，就是爱而已。"

"但你又不爱咖啡。"

"你一定要这么白目吗？"

"抱歉。"我笑了笑，她瞪我一眼。

"关于你，我不用向任何人交代。"她说。

"你之前买的咖啡都给我喝吧。以后如果有买，也给我。"我说。

"我怕你喝不完。"

"我喝得很快。"

“我买咖啡更快。”
她眼神很坚定，应该有十足把握。

“你要不要考虑以后想见面时就见面？”我说，“这样我才不会因为喝太多咖啡，咖啡因中毒。”
“我说了，我会怕。”
“之前不是说好一起下地狱吗？所以你是在说身体健康吗？”
她看了我一眼，眼神似乎有些惊慌，没有回话。

我开始明白，担心她背负太多压力，不忍心她害怕、受苦，
所以我始终在旋涡中上不了岸。

“没关系。就做你觉得对的事。”我说，“我没立场要求你改变或卸下武装之类的，我不会，更不可能。”
“你有立场？”
“不管我有没有立场，你就做简单自在的你，维持你的心跳和步伐，不需要改变什么。”
“嗯。”她点点头，“那你呢？”

“我也会做好我自己，然后期待春天会来、冰雪会融化。”我说，“因为我相信，只有保持一颗真诚的心，才能等到春天来临。”
“如果春天不来呢？”她问。
“那就再多等等看吧。”
“如果春天就是死都不来呢？”

“嗯……”我想了一下，“这是个好问题。”

她睁大眼睛看着我，似乎在等待我的回答。

“有些人值得等待，不管是用一个月、一年、十年，甚至一辈子。”

我看着她的眼睛，“比方你这个人。”

她的眼神突然很亮，好像浓雾和阴霾已散去的湖面。

“所以我还是相信春天会来的。”我笑了笑，“总有一天。”

“总有一天”是我这晚对她说的最后一句话。

然后她先进去，再拿了10罐咖啡出来给我。

“冰箱里还有。”她说。

我点点头，跟她挥挥手，带着总共11罐咖啡骑机车回去。

回去后的第三天晚上，我正喝第10罐咖啡时，

在MSN看到她留的讯息：

“今晚11点打电话给我。”

我看了看表，还有一小时。

在等待的时间里，我喝完第11罐咖啡，准时打给她。

“明天第六节下课后五分钟，在M栋侧门水池边碰面。”她说，“然后你陪我去买样东西。”

“还是买咖啡吗？”

“不是。以后不买咖啡了。”

“为什么？”

“只要想见面就见面，就不需要买咖啡。”

“你不怕吗？”我问。

“我已经不怕了。”

“真的吗？”

“因为我已经离不开，也回不来了。”她说。

7

重逢至今，过了 120 个日子。

但见面的次数，却是少得可怜的七次。

见面的时间加起来，也不超过十个小时。

我知道她有红线，知道她怕，但我总是想见她。

这些日子想见她的总次数，除以 120 天，

平均每天会有几次想见她。

有的日子想见她的次数很少，只有一次，

只不过那个一次，是从早想到晚。

想她时偶尔会很苦，不是说想到她时会痛苦，

而是想得很深很深很想见她一面却见不着时，是很痛苦的。

仿佛全身正被煎熬，完全无法逃脱或排解。
如果有天你变成虱目鱼，躺在锅子里被油煎，
你就能体会我的那种痛苦了。

还好有 Line，偶尔有电话，算是保持联络，不至于断了消息。
但有些人需要碰触，比方她。
即使每天打电话和传 Line，也不能取代她清澈深邃的双眼，
和她的四分之三侧面。
碰触才有真实存在感，想念的心才会安定，不会飘浮。

有段话是这么说的：
人的一生会遇到两个人，一个惊艳了时光，一个温柔了岁月。
对我而言，这两个人都是她。
十几年前的她，惊艳了我的时光；
而现在的她，则温柔了我的岁月。

回首来时路，我很清楚自己为对方做了什么、付出了什么，
也很清楚自己在想什么，还有她在我心里的分量。
但对她，却不是那么有把握。
这不是我不能感受，也不是我要求太多，
而是她总是把最真挚的情感藏得很深。
而且也因为她的语言表达障碍，让我低估她情感的温度。
她的一切早已不是我的逆鳞，我甚至急于发掘与更新。

如今因为重逢，我了解以前所不知道的她的样子，
也知道失去音讯的那段时间，她在想什么。
她的样子在我心里更鲜明、更美好，更加无可取代。
所谓的重逢，是老天再给一次机会的意思吗？

如果老天再给一次机会，我们是再走一次十几年前走过的路
或是重新走一条崭新的路，
还是顺其自然，在缘分终于尽了时，各自回到人生的正轨？

我想起一部电影：*Eternal Sunshine of the Spotless Mind*。
在这部电影中，记忆是可以被完全删除的。
男女主角因为争吵、痛苦等，分别删除了关于对方的所有记忆，
但当他们后来偶遇时，即使早已忘了彼此，以为对方是陌生人，
他们还是莫名其妙地互相吸引，于是从头来过。

原来即使忘掉一切，只要双方仍是原来的样子，
一旦相遇后还是会重新开始。
最美最深的记忆，早已不只存在于脑海，也进入了心灵。
脑中的记忆可以删除，但那些记忆已成为心灵的阳光，删不掉，
也就是如片名所言：纯洁心灵里的永恒阳光。

现实中的我们重逢了，她依然是她，我也还是我。
但如果再来一次，可能要再经历同样的甜蜜、欢笑、痛苦、磨难，
也很可能走向同样的结局。

那么我们还想再来一次吗？

我和她都在这世界上漂流，像激流中的两根浮木。
有时被水流推近而碰触，有时被水流推开而远离。
我们其实都没有能力决定流动的方向和目的地，
只能被水流推着走。
最终应该都会被冲进大海，然后在海浪和潮流的拍打下，
我或许搁浅在某处沙滩，她或许被带往深海继续漂流。

有时想到这里会觉得很难过，只能想办法在两根浮木碰触时，
仔细记住对方的身影和气味。
因为我早已没有信心，也没有把握，更不敢奢望，
我们最终会搁浅在同一片沙滩，而且互相依偎着。

深夜时安静又没有干扰，总是理所当然地想着她，
即使是忙碌的上班时间也常因为想到她，
想到我们之间的过去、现在与未来，而呈现短暂的放空。
“现在忙吗？”
她传来这句，唤醒了我，让我回到桌上满是报表的现实中。
看了一下表，下午三点多，一般她不会在上班时间 Line 我。

“算忙。怎么了？”我回。
“没事。只是想要在你很忙碌的时候吵你。”
“那现在就可以了。”

“不会害你工作做不完，甚至被老板 fire 吧？”

“不会。”

“我今早开车上班途中，车子抛锚。”

“我工作即使做完做好，也可能被老板 fire。因为我跟他起冲突了。”

我们分别传一句，两句几乎同时出现在手机屏幕上。

“为了什么事起冲突？”她回。

“那你上班怎么办？”我回。

“冲突很激烈吗？”

“上班有迟到吗？车子现在如何？”

“不会是为了加薪之类的事吧？”

“那你今天下班怎么回家？”

“我们两个各说各话，真令人心安。”她回。

“嗯？”

看了一下对话记录，刚刚我们确实没“对话”，是各说各话。

“这表示我们都把对方的事看得比自己的重要。”她回。

“嗯。那我先回答你。不是加薪之类的事，只是对老板讲道理时音量很大，顺便骂他几句而已。而他不是有度量的人。”

“那你应该是为了别人。”

“你怎么知道？”我回。

“我认识你多久了？”

“一辈子。”

“嗯。所以我知道你自己无所谓。但为了别人，你会奋不顾身。”

看着她传的最后一句，我有点激动。

不必多解释什么她就自然明了一切，总是让我的心不会寂寞。

“轮到我说。车子在修车厂，明天下午才会修好。我坐出租车上班，迟到半小时。今天下班搭同事的车回家。”她回。

“那明天上班怎么办？”

“或许搭出租车吧。”

“不如我去载你上班？”

“好。”

“约几点？”我回。

“六点半。”

“那么早？”

“因为要一起吃早餐。”

“你应该知道我没吃早餐的习惯吧？”我回。

“我知道你以前不吃早餐，但现在你年纪大了，不幼稚了，也许知道吃早餐对身体健康很重要，也开始懂得爱惜自己的身体，于是改掉不吃早餐的坏习惯。”

她一向话少，所以碎碎念时其实还蛮可爱的。

“好。明天六点半去载你，一起吃早餐。”我回。
“谢谢你。帮了大忙。”
“只是载你而已，没什么。”
“你肯吃早餐，让我不用担心，就是帮了大忙。”
我愣住了，一时之间无法回她。

“可以养成吃早餐的习惯吗？”她问。
“好。”我没有犹豫。
“你真的帮了很大很大的忙。”

其实我早上只是不吃固体食物而已，通常还是会喝杯咖啡。
这习惯好像是从大三开始的，可能那时贪睡，早上出门上课总是匆忙，来不及买早餐，久而久之便不吃早餐了。
以前她知道我没吃早餐的习惯，但也没说什么。
今天才知道她竟然这么担心。

她总是可以很轻易地给我满满的力量，比方一个眼神、一句话语，或是一份关心。
现在的我，仿佛可以攻顶喜马拉雅山而不带氧气筒。

隔天早上六点二十就在她家巷口等待，还是昏昏欲睡。
因为起码比平时少睡了一个半小时。
她准时出现，打开车门，上了车。
我完全清醒了。

“到哪里吃早餐？”我问。

“先直走。”她说。

我开车往前，穿过五个红绿灯，她都没开口。

“还有多远？”我问。

“不远。”她回答，“只是路很长而已。”

我笑了起来，她偶尔会说出这种看似矛盾的话。

她没说什么，只是看着我，我越笑越开心，好像停不了。

“再直走下去，可能到台北。”我终于停止笑。

“没错。”

“是不是过头了？”我问。

“是。”

“啊？”我吓了一跳，“那你怎么不早说？”

“你在笑。”她说，“我不想打断。”

“可是……”

“我希望你笑、喜欢你笑。这让我觉得，你很开心。”

我略转过头看着她，她脸上带着微笑，似乎很轻松、很满足。

我也很满足，因为我可以看到她的四分之三侧面。

在找地方回转车时，我突然意识到，这样的场景是我们第一次遇到。

这是我第一次开车载着她，她安静地坐在我旁边。

我突然有种我们都长大了的感觉，觉得以前的我们太年轻了。

以前的我们，总是做好即将面对风浪的心理准备；

而现在的我们，仿佛是经过风浪后，珍惜难得的平静。

回顾过往，我脑中常会出现很多定格画面。
这些定格画面有的是我走在她左手边，有的是我坐在她右手边，
有的是我们同时仰望一个东西，有的是我们同时聆听一种旋律。
所有的光与影、声音与影像，在我心里异常清晰。

现在我开着车，她坐在我右手边，我们一起看着街景、红绿灯。
从挡风玻璃看着这个世界，这个我们生活的城市。
紧闭车窗隔绝了外面的喧嚣，车内只有我们的交谈声，
还有我刚刚的笑声，和她微笑注视我的神情。
我相信即使多年以后，我还是会清晰地看到这个定格画面。

聂鲁达的著名诗句：爱情太短，而遗忘太长。
这句话看似悲观，也令人难过，但还是可以从另一个角度去解读。
也就是说，如果所有在一起的细碎回忆与定格画面，
都必须用很长很长的时间才能忘记，
那么不就表示几乎忘不掉?
既然忘不掉，可能趋近于永恒。

“前面右转。”她说。
“好。”
“然后……”她拉长尾音。
“快到了吗？”

“然后我看一下这方向对不对。”

我又笑了起来，她果然还是没有方向感。

但这次我不敢笑太久，怕笑完后已经开到台北了。

“刚刚右转的地方，应该左转。”过了一会儿，她说。

“那又得回转了。”我在心里叹了一口气。

“人生不能回转。”她说，“开车时多回转几次，弥补一下。”

“其实你很有幽默感。”我笑了笑。

“我们现在这样……”她眼睛看着前方，语气很平和，“应该也像是在人生中回转吧。”

我转头看了她一眼，她脸上挂着淡淡的笑容。

然后我们保持沉默，这应该也会成为一个定格画面。

终于到了早餐店，要回转两次才能抵达的店。

太久没吃早餐了，本想跟她点一样的，她却坚持要我选。

“我想知道你喜欢吃什么。”她说。

我只好随便点了一样碰碰运气，她却点了其他两样。

“你食量不是很小吗？”我很惊讶，“难道你早餐特别能吃？”

“多点几样，命中的概率才大。”她说。

“命中什么？”

“你喜欢吃的东西。”她笑了笑，“反正你食量大。”

早餐的分量并不多，所以我们两个吃三人份也还好。
虽然已经不是第一次和她一起吃饭，但看着坐在对面吃饭的她，
还是会感到很新鲜。
我突然觉得，我们好像从没一起生活过。

所谓的“一起生活”，并不是狭义的住在一起过日子，
而是指日常生活中有更多交集，或是有共同目标，
或是一起注视某个地方、一起朝着某个方向前进。

她在A星球生活，我在B星球生活，
然后我们在C星球交会，一起聊天、走路，看看C星球的一切。
短暂的交会过后，她回到A星球，我回到B星球。
然后我在B星球想着A星球的她，她在A星球想着B星球的我。
十几年前是这样，现在似乎也是一样。

在恋人的世界里，没有桃花源的存在，各处都有自己的美丽与哀愁。
我不知道其他恋人们的世界里，什么地方美丽，什么地方哀愁，
但在我们的世界里，美丽就是跳脱彼此的生活进入纯粹美好的时空，
而哀愁就是无法让那些纯粹的美好，进入我们彼此的生活中。

“走吧。”她站起身，“上班不要迟到。”
我点点头，也站起身，一起离开早餐店。
再度上车后，她从包里拿出一瓶易拉罐咖啡。

“你上班时可以喝。”她递给我。

“这是从冰箱拿出来的？”我接下时，感觉有点冰。

“不然是从烤箱吗？”

嗯，她吃饱了，像插上电的冰箱，可以制造低温了。

“咖啡是你特地买给我的？”我问。

“不是。”

“买给别人的？”

“也不是。”

“捡到的？”

“神经病。”

“我记得你从不喝咖啡。”我很纳闷，“你买咖啡干吗？”

“我不想说。”

“噢。”

简单应了一声，算是结束话题。我直接开往她的上班地点。

“下班后，我载你去修车厂？”抵达后，我说。

“不用麻烦了。”

“不麻烦。”

“会很麻烦。”

“哪里麻烦？”

“我们在抬杠吗？”

“我下班后顺便来载你去修车厂。”我说，“请问哪里麻烦？”

“我今天上班的心情。”

“这跟心情有关？”

“我会一直期待下班时刻赶快到来，上班就无法专心。”

“噢。”

“你只会说‘噢’。”她下了车，“你不用来载我。快去上班吧。”

又结束了在C星球的短暂交会，她要回到A星球上班，

我也要开车到B星球上班了。

随手摸了一下那罐咖啡，冰凉的触感让我灵光乍现。

我赶紧停车熄火，下车跑进她上班的大楼，在电梯口追上她。

“你又开始买咖啡了？”

“嗯。”她说。

“我们到底在干吗？”我有点激动，“为什么不想见就见呢？为什么要搞成我像虱目鱼、你买自己根本不喝的咖啡呢？”

“虱目鱼？”

“那是比喻。”

“莫名其妙的比喻。”

“虱目鱼不是重点，”我说，“重点是你买了咖啡又不能喝，又要放冰箱。冰箱满了怎么办？”

“就让它满。”

“你妈会觉得很奇怪吧？”

“我不在乎。”

“你……”我一时语塞。

“其实我有喝。”她说。

“你是说你喝咖啡了？”我大吃一惊。

“不然是喝啤酒吗？”

“可是你喝咖啡会心悸啊。”

“我知道。”

“知道还喝？”

“不可以吗？”

“当然不可以！”我音量变大。

她静静地看着我，没说什么，似乎在等我平静下来。

“你为什么要喝咖啡？”我音量恢复正常。

“想知道是不是一样的。”她说。

“什么一样？”

“我喝咖啡会心悸，心跳忽快忽慢，有点晕眩，有时会呼吸困难。”

“所以呢？”

“跟想你时的心情，很像。”

我凝视着她，从她的眼睛里看到一种从未见过的光芒。

这光芒让我的心一下子雪亮。

重逢至今，我感受到她的样子跟以前一样，

但又觉得好像有点不一样，只是一直不知道哪里不一样。

现在突然醒悟，原来她变得很有勇气。

她很胆小，又有语言表达障碍，很多感受从不说出口，
即使说出口，也只能淡然地表达内心的汹涌。
或许她潜意识里认为这是造成我们以前没办法在一起的原因，
才会留下遗憾。

于是重逢瞬间，为了弥补遗憾，她变得异常有勇气，
敢于泄露以前从来说不出口的感受。
她甚至说出很喜欢这种字眼，以前的她根本不可能说出口，
因为她从不把喜欢和爱挂在嘴边。

虽然她从轻度语言表达障碍变成重度语言表达障碍，
但她却同时有更多的勇气去突破障碍，而且这勇气似乎与日俱增。
于是我反而比以前更清楚地知道她内心深处在想什么。
就像她以前会买咖啡但不喝，而现在却有莫名其妙的勇气喝咖啡。

我也是一样。
我是个优柔寡断的人，现在也没变，甚至只可能更严重。
面对自己一直想要把握住的人，也没有伸手用力抓住她。
就像森林中的猴子，没有伸手抓住新的树藤，
便只能在原地荡来荡去。

或许我潜意识里认为这是造成我们以前没办法在一起的原因，

于是突然拥有很强的决断力，说要见她就见她，不管时间多晚，
不管已经有十几年没见了。
而想多留住她一会儿，就立刻折断雨伞。
这种只想挽留她，完全不考虑其他，马上说做就做的决断力，
我以前根本没有。

但这不是我真正的样子，只是为了弥补遗憾而出现的反射性动作。
也就是说，我的决断力和她的勇气，都只是弥补遗憾的反射性动作。
我本质上依然是个优柔寡断的人，
她也始终胆小，有语言表达障碍。

“你再不走，上班会迟到。”她说。
“我不在乎。”
“可是我在乎。”
“噢。”
“你只会说‘噢’。”她说，“快去上班吧。”

“你不要再喝咖啡了。”我说。
“要你管？”
“如果我偏要管呢？”
“好。让你管。”她说，“然后呢？”
“然后……”
“要让你管，你也不知道怎么管。”她笑了起来，“快去上班吧。”
我也笑了起来，路过要搭电梯上班的人，应该会觉得我们疯了。

“所以你想到我时，心情就很糟糕？”我问。

“有时想得凶，就像喝咖啡时的心悸。”她说，“能不糟糕吗？”

“噢。”

“你还是只会说‘噢’。”她说，“赶快去上班吧。”

“你把咖啡都给我吧，别再喝了。”我说。

“好。”

“也不要再买咖啡了。”

“好。”

“你怎么这么爽快地说好？”

“只要你能快点去上班，我什么都好。”

“你还剩几分钟？”我问。

“十分钟。”她看了看表，“你呢？”

“也是十分钟。只不过你只要搭电梯到五楼，我还要开车。”

“你再不走，我要叫警卫了。”

“叫吧。”我说，“多叫几个。”

“你真的会迟到。”她说。

“我知道。”

“知道还不快走？”

“不管了。”

不管了，我不要再当虱目鱼。

再走一次十几年前走过的路也好，重新走一条崭新的路也罢，
当我们这两根浮木碰触时，每一分每一秒，
我都不想离开她的眼睛和她的四分之三侧面。

即使我们好像从未一起生活过，但我始终可以因她而惊艳，
而她在我心里，也永远温柔地存在着。

“候鸟每年春秋两季沿着固定路线，往返于繁殖地和度冬地。如果你是候鸟，你认为哪里才是故乡，繁殖地？度冬地？”

“如果我是候鸟，我不在乎故乡在哪里。”

“为什么？”

“因为不管往哪儿飞、飞多远，我总是思念着南方。”我说，“而你，就是我的南方。”

春天到了，甚至提早。

我和她的大学生活剩下最后一个学期，毕业后会面临离别。
对平时在一起的恋人而言，毕业后如果距离和环境的改变不大，
那么可能只是彼此要学会调适而已。
但对我们而言，这种状况很可能致命。

我们之间的最大问题，在于每走一步，鞋里的沙都会磨痛脚，
必须忍受一些痛苦才能往前走。
就像拿着一根长竹竿走钢索的人，勉强维持平衡往前走。
但只要一只鸟停在竹竿的一端，就可能让他失去平衡而摔落。
毕业后面临的变量，可能就是那只鸟。

我其实已做好心理准备，打算当鸟停在右端时，双手迅速往右移动，

当鸟停在左端时，双手迅速往左移动。
无论如何，我要让竹竿保持水平，继续向前走。

然而她在学期初告诉我，今年夏天结束后，她将到美国留学。
说这些话时，她坐在M栋侧门水池边的石椅上，眼睛看着水面。
那时是黄昏，天气晴朗，凉风徐徐，水面泛着阵阵涟漪，
但我心里刮起狂风暴雨，水面波涛汹涌。

我们足足沉默了半个小时，直到天色昏暗。
“其实这样很好。”她终于打破沉默，语气很平淡，“以后应该不用压抑，也不必克制，可以想说什么就说什么，或许想做什么也可以做什么。”
原本看着水面的我转头看着她，但她的双眼始终注视着水面。

如果你在住院，有天医生突然告诉你：
从今天开始你可以爱吃什么就吃什么，不用担心油腻、胆固醇，不必运动或养生，而且喝酒、抽烟、熬夜都没关系。
那么这代表什么呢？
我想应该是在宣布你的死期，而且无药可救，怎么保养身体都没用。

看来这只停在竹竿上的鸟，是只巨大的老鹰。
我已经无法维持平衡，只能摔落。

从此之后，她绝口不提出国时间、念哪所学校、多久回来等。
同样地，我也是。

这大概是认识她以来，我们两个很有默契的第二件事。

或许别的恋人知道死期后，会选择提前结束，
但我们却是好好珍惜剩下的日子。
见面的频率比以前高，见面的时间比以前长，
见面时所做的事也比以前多。
可惜她说话时的平均温度，并没有比较热。

然而我一直对她说的那句“其实这样很好”耿耿于怀。
那句听起来仿佛是松了一口气，如释重负。
有时胡思乱想，觉得她那句表达了“终于可以离开”的解脱之意。

她是认识我之前就有了出国的打算，还是认识我之后才有的？
如果是认识我之后才想出国，是不是因为她始终离不开、回不来，
于是干脆远走国外，让我们之间自然结束？

而我呢？
原已准备战战兢兢迎接任意一只鸟落在竹竿上，
没想到发现是只老鹰后，却立刻束手待毙。
我是不是也知道自己游不出她的旋涡、上不了岸，
于是潜意识里在等待一个理由或力量拉我上岸？

这只老鹰的出现，是让我们一起逃避，
还是一起解脱？

去看夕阳吧，珍惜太阳还挂在天上的时候。

我和她各骑一辆机车，约好在海边碰面。

我本想载她就好，何必搞得这么麻烦？但她坚持各骑一辆。

“你不是说想做什么就做什么吗？”我说，“我想骑车载你。”

“是我想做什么就做什么。”她说，“我想自己骑车。”

她总有些莫名其妙的坚持，即使死期快到了也是一样。

除了认识她第一天时骑车载过她，后来就没载过她了。

如果约在校外，我们总是先说好时间和地点，然后各骑一辆机车去。

我会提早到，然后静静等她。而她总是迟到。

我也突然想到，她从不跟我一起吃饭。

我约过几次，她总是拒绝，而且没有理由。

刚开始很纳闷也很沮丧，后来习惯了，

便把这也当成她莫名其妙的坚持。

她说约在海边碰面就好，我只能苦笑。

她到底知不知道所谓的“海边”有多大，

这跟“水池边”完全是不一样的概念。

还好她总是迟到，我便在海堤上来回快速走动，有时还跑步，

边走边睁大眼睛看她到了没。

来回走了十分钟，已经有点喘了，才终于看见她。

我走向她，她缓缓停好机车，收好安全帽。

“走吧。”她说。

“其实我跟时间一样。”我说。

“嗯？”

“一直在走。”

“神经病。”

我们一起走上海堤，再走下海堤，踏进沙滩。

在沙滩上留下的脚印很工整，几乎是四条笔直的线。

走到离海浪拍打十公尺处，她停下脚步。

“再往前一点？”我问。

“这距离是我的极限。”她说。

她坐了下来。我也坐了下来，在她右手边。

“待会儿夕阳下山后，一起吃个饭？”我说。

“我那时应该还不会饿。”

“那就等饿了再吃。”

“我饿了也不吃。”

嗯，果然不跟我一起吃饭，而且没有理由。

今天的夕阳很美，颜色是浓浓的黄，

也没被云层遮住，是个完整的圆。

气温很舒适，晴朗的天空只有少许白云，海面很平静。

这是个看夕阳的好天气，这个沙滩也是看夕阳的绝佳地点。

“我很喜欢海。”她的视线朝着正前方。

“其实你跟海很像。”

“哪里像？”

“都把东西藏得很深。”

她转头看我一眼，随即视线又回到正前方。

“我也很喜欢夕阳。”她说。

“其实你跟夕阳也很像。”

“也像夕阳？”她又转头看我，只是这次是定格。

“嗯。”我说，“同样都是只要一转身，天就黑了。”

“神经病。”她笑了起来，很灿烂的笑容。

我静静地看着她灿烂的笑容，突然觉得很舍不得。

如果以后再也看不到她的这种笑容，我一定会很寂寞。

我很努力记下她现在的笑容，嘴角扬起的弧度、眼尾滑下的曲线，还有绽放出的温暖。

“其实你现在的笑容最像夕阳。”我说。

“为什么？”

“明亮而不刺眼，温度也刚好。”

她闪过一丝笑容，我也努力记下这如闪电般的笑容。

要记下的东西似乎很多，脑袋不晓得够不够用。

“有螃蟹。”她指着右前方。

“其实你跟螃蟹也很像。”

“什么都像。”她又笑了起来，“你干脆说我不像什么就好。”

“你是真的像螃蟹。”

“哪里像？”

“外表坚硬，内在柔软。螃蟹把最柔软的肉，包在最坚硬的壳里。”我看着她，“跟你一样，外表刚强，内心却很柔软。”

我们互望了几秒，她才转过头。

“对你更是。”她说。

“对我是外表更刚强、内心更柔软吗？”我问。

“废话。”

“是更柔软的废话，还是更不柔软的废话？”

“1。”

“可是你说那句‘其实这样很好’时，我觉得你心很硬。”我说。

“胡说。”

“是很硬啊，比混凝土还硬。”

“根本没硬。”

“如果不叫硬，难道叫没有心吗？”我说，“那你的心在哪儿……”

“在你这儿。”她用右手突然捶了一下我的心脏，也打断我的话。

我说不出话来，只是静静地看着她。

她的眼神带着哀伤，眼窝很湿润，几乎要满溢出眼角。

这是我们之间的第一次，温柔的撞击。
我永远记得那个瞬间，也永远记得当下的感动。
那是整个人被电击、体温升高、心跳狂飙、血液沸腾、汗毛竖立、鸡皮疙瘩全部起来的感动。
她用右手捶我心脏的那个瞬间，我的心脏便牢牢记住了她的温度、她的想法和她的心。

喜欢一个人可能需要理由，但爱一个人则不必。
有时爱一个人是一种认定，你认定是就是。
我这辈子确定的东西不算多，但我很确定对她的认定。
我认定是她。

因为知道未来的不确定，或是害怕未来的不确定，
所以很希望有些东西是确定的、不会改变的。
还好我很确定，对她的认定。

我们互相凝视，在夕阳的照耀、海水的拍打、螃蟹的横行中。
她的眼睛像是倒满酒的酒杯，表面张力让液体成为光滑的球面。
或许只要轻轻晃动，就会漫出来。
而我心头很热，眼角也湿润。

透过眼球内液体的反射，我们应该更清楚地看见彼此。
那是我们第一次发现彼此眼中映照出的，满满的，自己的容颜。
这或许是一种爱情最初始，也最美的状态，

也是最纯净、最光洁无瑕的，对爱情的悸动与信仰。

佛说：你恨的人，来生不会再见，所以别在他（她）身上浪费时间；
你爱的人，来生也不会再见，所以今生要好好对他（她）。
她当然不是我恨的人，而且她会离开。
因为可能不会再见，所以更要好好对她。

夕阳快下山了，天色不像刚刚那样明亮。
“对你，我始终很难说出内心的真正感受。”她打破沉默。
“嗯。”我点点头，表示可以理解她。
然后我们转头看着即将渐渐变暗的天空。

“唯一可以在白天看到的星星是什么？”我问。
“不知道。”她摇摇头。
“爱尔普兰星。”
“有这种星星？”
“爱尔普兰，Airplane。”我右手指着天空，“那里就有一颗。”
“神经病。”

一架飞机缓缓在天空划过，留下一道长长细细的白色喷射云。
我伸手向天空抓一下，抓住那架飞机，
然后低头闭上眼睛，心里默念：我要跟她在一起。

“你闭着眼睛干吗？”她问。

“生命中最美好的东西都是看不见的，这就是为什么我们会在接吻、哭泣、许愿的时候闭上眼睛。”

“神经病。”她又问，“你到底在做什么？”

“许愿。”我说。

“许愿？”

“嗯。”我说，“只要抓住100颗爱尔普兰星，就可以实现愿望。”

她睁大眼睛看着我，眼里充满疑惑。

“夜空中划过的流星，大家争相许愿，流星总是载了太多心愿而急速坠落。还好白天也有缓慢移动的爱尔普兰星，给人们带来希望。”

“什么希望？”

“传说在天空中看见爱尔普兰星，只要伸手抓住它，再立刻许愿。当你抓完一百颗爱尔普兰星时，你的愿望就能实现了。”

“这传说很幼稚。”她说。

“或许幼稚，”我说，“但你可以试着相信。”

“相信这干吗？”

“很多东西，你一旦信了，就会存在。”我说，“信仰就是这样。”

“你要我把这传说当成信仰？”她问。

“可以试试。”

“嗯……”她犹豫了一会儿，“好。”

“那赶快。”我指着天空，“爱尔普兰星还在，你快抓。”

她缓缓伸手向着天空抓一下，再低头闭上眼睛。

“愿望不可以说出来，不然会无效。知道吗？”我说。

“废话。”她睁开眼睛。

“是知道的废话，还是不知道的废话？”

“1。”

“到时候你坐的飞机，我也会朝着天空抓下。”我说。

她看着我，没有回话，只是轻轻点个头。

夕阳已下山，天色暗了下来，她的眼神显得更明亮了。

我站起身，双手左右平伸，一步一步，向着海缓缓走去。

“你在干吗？”她问。

“继续向前走。”

“神经病。”她有些惊慌，“你会走进海里的。”

“不管了。”

老鹰又如何？

再巨大的老鹰停在竹竿上，我也不管。

我只要抛掉竹竿，双手平伸，还是有一丝希望可以维持平衡，

然后继续向前走。

“很危险。”她快步走到我身边，拉住我的衣角，“别再往前了。”

“你不是说，那距离是你的极限吗？”我双手依然左右平伸。

“嗯。”她拉了拉我的衣角，“但我不能让你一个人走进海里。”

“那么陪我一起走吧。”

她愣了愣，但在我又往前跨出一步时，她也跨出一步。

只剩下要抓住99颗爱尔普兰星而已。

8

又是盛夏时节，每年这时节常会莫名其妙想起她。

或许因为那是第一次遇见她时的天气。

我记得那天的天气非常炎热，柏油路都快要被晒软了。

屈指一算，遇见她至今已经 16 年了。

这个“屈指”，用三只手都不够算。

年轻时，觉得 10 年前的事仿佛上辈子那样遥远，

现在发现 16 年并没有想象中那么久，甚至似乎“咻”一下就溜过去了。

重逢之前每年的盛夏，脑海都会浮现出她中暑时我帮她浇水的画面。

她穿深绿色 T 恤、白色长裤，T 恤的左胸前绣了一朵白色雏菊。

还好衣服几乎是纯粹的深绿，如果是白色或很浅的色，
浇完水后应该会有点透明，她醒来后搞不好会报警。

那时觉得她像一朵在山野间绽放的花，现在也是。
花很美，但我从没有摘下的念头，只想浇水，
让她能永远优雅地绽放。

突然想到跟她认识只差一天就满16年的那晚，我失眠了。
认识她以来，有好几次因为她而失眠。
有时是因为担心，有时则只是纯粹的想念，像这次一样。
据说当你失眠的时候，你将会在别人的梦里出现。
如果这句话是对的，那么我是否会出现在她的梦中？
如果我出现在她的梦里，又是一种什么样的梦境？

每当思念她的心非常殷切，整颗心就像被揪住，
我很希望能用写的方式告诉她这种心情，或是用说的方式。
如果要用说的方式，我会不断提醒自己下次见到她时要说什么，
但总是会忘记某些想说的话，或是顺序不对、说不完全。
可是用写的方式，很难完整表达，也怕她较难理解。

这世上为什么不发明一种可以读心的机器呢？
她只要把USB插头插入机器，机器另一端接上我的心，
她就可以读到我全部的心了。

假设真有这部机器，那么当她读取时，
会看到文字档、声音档、影像档。
文字档的内容大概就是你在做什么、心情好不好……
然后会有几页空白。
档案最后则只会出现：我是虱目鱼，我很想你。

声音档是她说过的话，很清晰，像在耳边诉说一样。
也许她听到自己的声音会不习惯，
也许她听到自己说过却忘了的事会不好意思，
但忘了没关系，因为这些声音都被我小心翼翼地保存着。

至于影像档，就很精彩了。
所有的定格画面，都是分辨率很高的图片。
而我们相处过的场景、去过的地方、一起做过的事，
都很完整地保留成一段段影片，可以播放。

最特别的是，有一个虚拟的影像档，播放着尚未发生的影像。
那里有一间小屋，我和她站在屋前遥望雨后的彩虹。
小屋附近有条长长的海堤，我和她坐在海堤上看夕阳。
夜里，也并肩坐在海堤上仰头看星星。

如果她每隔一段时间就读取我的心，
她将发现文字档几乎没变，还是充斥着我是虱目鱼，我很想你。
而声音档变大了，因为我会记下更多她所说的话。

影像档也变多了，因为定格画面会越来越多，
我和她相处过的场景也会越来越多。

只有一个不会变，档案大小都一样，就是那个虚拟的影像档。
画面依旧是小屋前的我和她遥望雨后的彩虹，
依旧是我和她并肩坐在海堤上看夕阳、看星星。
这个虚拟的影像档，或许就是我的心愿吧。

唉，怎么睡都睡不着，干脆下床坐在计算机前写封 E-mail 给她。
把刚刚漫无边际、天马行空胡思乱想的内容，试着写出来。
我描述了那部可以读心的机器，描述了那些文字档、声音档、影像档。
她看信时，会不会以为我在写科幻小说？

信的最后，写上：

好了。这就是我的心的全部。
在这异常寂静且失眠的深夜，我比较容易表达我的心。
虽然还不完整或精确，但已经很接近了。
请你务必使用那部机器，读取我的心，
然后 Copy 一份，存在随身碟里或烧成 CD 都可以。
只要记得，当你不安、怀疑、沮丧、心情烦闷……时，
请开启。

把信寄出时，是夜最深的时候，再过半个小时，天就亮了。

再躺回床上，还是了无睡意。

没想到重逢之后失眠时的思维模式，跟十几年前一样。

连下床写封 E-mail 给她的行为也一样，看来我根本没长进。

失眠造成的影响和后果，会反映在隔天。

学生时代还好，顶多上课时打瞌睡，或许被老师丢粉笔；

现在坐办公桌，如果还打瞌睡，大概会被老板炒鱿鱼。

失眠的隔天，我上班时莫名其妙地想起杨过和小龙女。

以前看《神雕侠侣》时，觉得杨过和小龙女隔了 16 年才重逢，

实在太久了，真不知道是怎么熬过来的。

而且 16 年后才重逢，两人感情还在，依然熟悉。

那时觉得不太可能，现在却觉得理所当然。

一时兴起，把自己 Line 的名字改成 YangGuo。

“为什么改名叫 YangGuo？”几个小时后，她传来。

“杨过。”我回。

“神经病。”

“请你也改名吧，改成 SmallDragonGirl，小龙女。”

“我不陪你发神经。”

“今晚有空吗？”我回。

“要加班。怎么了？”

“噢。那没关系。”

“如果不用加班到很晚，再看看。”

“好。”

今天是认识她刚好满 16 年的日子，本想约她出来见面走走，

但她说了再看看，我也不方便再说下去。

而且通常她的“再看看”，是即使看到眼睛脱窗，

也看不到任何东西。

下班后回家，吃完饭洗完澡后，倒头就睡，因为得补觉。

睡到一半被手机铃声吵醒，她打来的，我立刻清醒。

“我在黄金海岸。”她说。

“你一个人去的吗？”

“废话。”

“是一个人的废话，还是跟人去的废话？”

“1。”

“现在几点？”

“快 11 点了。”

“这么晚了？”我吓了一跳，“深夜的海边很危险。”

“还好。这里还有一些人。”

“我马上过去。”

“好。”

“不要站在定点等，要……”

“要走来走去，以免被陌生人搭讪。”她打断我。

“总之自己小心。我现在就过去。”我说。

“黄金海岸有好几公里长，你知道我在哪里？”

“这……”

“有间白色小屋，墙壁上写着：听潮。我在小屋前的海堤上。”

“好。”

“小心骑车。”她说。

我立刻冲下楼开车，开到黄金海岸应该要15分钟。

虽然黄金海岸很长，但几乎没住家，找间白色小屋应该不难。

看到第一间小屋时马上停车，但夜里颜色难辨，那间其实是浅黄色，

而且墙壁上写的是：请勿在此停车。

第二间小屋就对了，白色平房，墙壁上写着“听潮”这两个黑字。

我停好车，下车走到离小屋20公尺远的海堤边。

一爬上海堤，便看见她坐在十公尺外，面向大海。

“小姐，”我走近她右手边，“等人吗？”

“不是。”她没转头，“我等猴子。”

我愣了愣，没有回话。

“我等猴子来抓住我。”她说。

我记得很清楚，这是15年前的七夕那晚，她说的话。

那时她在台北补托福，我去找她，一见面她就这么说。

到现在猴子还是没抓住她，而她依然在等吗？

我在她的右手边坐下，跟她并肩。

不远处有两对男女在海堤上牵着手漫步，

沙滩上至少也有十几对男女或驻足或坐下或踩着沙行走。

印象中这里的深夜很荒凉，今晚算很热闹了。

“不是叫你不要站在定点等吗？”我说。

“我是坐着等，不是站着。”

“都一样。”我说，“要走来走去，以免被陌生人搭讪。”

“今晚如果一个女孩孤身在这里走来走去，人家会以为她想跳海。”

“为什么？”我很纳闷。

“今天是七夕。”她说。

“真的吗？”我很惊讶。

“嗯。”她点点头，“刚听到路过的男女说的。”

“所以你才打电话叫我来？”我问。

“不是。”她摇摇头，“打完电话后，我才听说今天是七夕。”

“噢。”

16 年前的这天，只是 8 月中一个普通的炎热日子，

没想到 16 年后的这天，刚好遇上七夕。

记得我的大学时代，在七夕的夜晚，这里的沙滩上满是看星星的男女，

而今年沙滩上的男女却零零落落、稀稀疏疏。

以后的七夕，还有谁会记得抬头看星星？

七夕的牛郎织女，总是盼了一整年之后，借着鹊桥，终得一见。

而现代的男女，通常是透过网络联结再联结之后的萍水之缘。

时代变了。

如果时代没变，那就是我变了。

“昨晚我有梦见你。”她说。

“梦到什么？”

“很像那年七夕，你来台北找我的场景。”她说，“梦里的我们走到巷口，我告诉你，我的决定，可是你还是优柔寡断。”

“你的决定是什么？”

“我不想说。”

“噢。”

“反正梦里的我很坏，一直质问你：为什么总是优柔寡断？”

“你不坏。相反，你总是那么美好，即使任性和固执。”

我叹口气，“而且你该质问。”

“我……”她终于抬起头看着星空，“从不想给你任何压力。”

我也抬起头仰望星空。

今夜天气很好，这里也没市区的灯火通明，又是开阔的海边，

因此可以看到夜空中繁星点点。

哪颗是牛郎星、哪颗是织女星并不重要，只要我和她并肩坐着，

一起仰头看着星空，那就是幸福无比的事。

“你今晚来海边是？”我看着星空，问。

“看星星。”她看着星空，回答。

“为什么突然想看星星？”

“你信上不是说，有个虚拟的影像档，里面有我们并肩坐在海堤上一起仰头看星星的画面吗？”

我心头一震。

在我的虚拟影像档中，我和她并肩坐在小屋附近长长的海堤上，

一起仰头看星星的画面……

跟现在很像啊。

这里就是白色平房附近长长的海堤，

而我跟她正并肩坐着一起仰头看星星啊。

“我让这虚拟的影像档成真，不好吗？”她转头看着我。

我也看着她，一股暖流涌上心头，说不出话来。

“而且小屋也有了。”她说，“不过你没提小屋是什么颜色。”

“你喜欢什么颜色，就是什么颜色。”

“白色很好。”

“那就是白色。”

“记得更改档案目录夹。”她说。

“嗯？”

“并肩坐在海堤上一起仰头看星星的画面，已经是发生过的影像档，不再是虚拟的影像档了。”

“现在马上改。”我右手按住心脏，过了几秒后说，“改好了。”

“嗯。”她笑了笑，“很有决断力。”

“16 年了，应该有所长进。”我说，“你知道今天是我们认识 16 周年的日子吧？”

“废话。”

“是知道的废话，还是不知道的废话？”

“1 。”

我们同时沉默，然后一起仰望星空。

或许此刻我们都在回忆这 16 年来的点点滴滴。

虽然这期间大多数时间是空白的颜色，

但在少数时间的交会过程中，色彩却是丰富而灿烂的。

即使交会时所走的路并不长，但每一个脚印都很深刻且清晰，

不论是她的脚印还是我的脚印。

“人生好比蚊香，不断转圈圈，最后只剩下灰烬。”她先打破沉默。

“但还是会捉到很多蚊子。”我说。

“没错。”她微微一笑。

我也笑了笑，感觉夜空中的星星突然变得明亮起来。

“很多东西一开始都是新鲜的，行为或动作都很积极，但时间一久，有些东西就开始试图回到原点。”她说。

“原点？”

“比方就像我们一起走走，常常是不管我们走多远、走了多久，最后都会回到原点。”

“那是因为你没有特定的目的地，只是走走。而遇到岔路总是右转，因此常常会顺时针绕一圈。”我笑了起来，“才会走回原点。”

她瞪了我一眼，我立刻止住笑。

“我意思是，即使我们走了16年，会不会还是回到原点？”她说。

“如果是这样，那么这个原点，就是我们相遇的点。”

“为什么？”

“因为在相遇的那一刻，我的心就已完整，而且不会改变。”我说，“不管再走多久、再走多远，我的心都会在原点。”

她的眼神变得清澈明亮，像是几乎清澈见底的湖面。

而夜空中的星星也变得更亮，一闪一闪的，好像在微笑。

“16年了，虽然其中14年多我们毫无交集，但我应该没变吧。”

“什么没变？”她问。

“对你。”

“所以你对我还是一样吗？”

“嗯。”我点点头，“而且更确定。”

她睁大眼睛看着我，眼神像等待阳光照射的湖面。

“你知道喜欢和爱的区别吗？”我问。

“可能是感觉的差异。”她说，“但有时很难区别吧？”

“喜欢和爱的区别很简单。”我说，“如果你爱花，你会给它浇水；如果你喜欢花，则会摘下它。”

“嗯。”

“16 年前的今天，我第一次见到你，就帮你浇水了。”

她身体微微一震，嘴唇微张，但没发出声音。

“现在也是只想浇水。”我说。

她嘴角扬起，如闪电般笑了一下。

阳光出来了，照射在湖面上，金黄色的波光闪闪，耀眼动人。

她的眼神散发出光芒，几乎可以照亮夜空。

我的心一直在原点，毫无疑问。

而她深邃清澈的双眼、完美的四分之三侧面、如闪电般的笑容……

也在原点。

“看过《借物少女艾莉缇》这部动画电影吗？”我问。

“嗯。”她点点头。

“最后男主角翔对艾莉缇说：‘我永远不会忘记你，因为你已经是我心里的一部分。’”

“我知道。”她又点点头。

“你已经是我心里的一部分。”我说，“ 16 年也好，再过 16 年也罢，不管时间过了多久，不管我变得多老，你都将是我心里的一部分。不可分割，永远温柔地存在着。”

我们凝视彼此，她的眼神比天上的星星还亮。

“偶尔我会迷失方向，偶尔会忘了感动，偶尔会遗落某些记忆，”她说，“但跟你的这一段，我从来不曾迷失、遗忘或遗落。”

“嗯。”我微微点了下头。

“如果要我用一句话形容跟你的这一段，那就是无可取代的美好。”她仰起头，朝着星空再说一次，“无可取代的美好。”

我很感动。同时觉得现在的她，似乎没有语言表达障碍。

“我现在很有勇气。”她说。

“没有语言表达障碍了？”

“虽然还有，但应该说得出口。”

“真的吗？”

“你可以问。”

“收到我昨晚写的信，你的感觉？”我问。

“其实我比你严重。”她说，“扣掉睡眠时间外，醒着的时间，不管我做什么，平均每个钟头都会想到你。想你在哪儿、在做什么。”

我有些激动，感觉心跳加速，血液沸腾。一时之间说不出话。

“你可以再问。”她说。

“可以牵你的手吗？”我问。

“不可以问这种问题。”

“但我就是想问这种问题。”

“好。你可以问。”

“可以牵你的手吗？”我又问。

“不行。”

“只是一下下而已。”

“不行。”她说，“因为我怕一旦牵了，我就不想放开。”

“你可以再问。”

“如果我是花，你会浇水，还是摘下？”

“我不需要用暗示或比喻。”她说，“对你，我……”

我等了一会儿，她始终没往下说，似乎只是微微涨红着脸。

“很爱很爱。”她终于说出口了。

“以后这个问题不要再问了。”她说。

“为什么？”

“因为我的答案不会变。”

那是今年七夕这晚，她所说的倒数第二句话。

她说的最后一句话大约在凌晨一点：“该走了。”

我说的最后一句话是：“嗯。”

我们各自开车回家。

开车时，整个脑子都是并肩坐在海堤上一起看星星的定格画面。

脑海里也回荡着她的声音，很清晰，像她在耳边说话。

回到家，准备躺下睡觉时，手机传来响声，是 Line。

“晚安。16 周年快乐。”

是一个叫 SmallDragonGirl 的人，传给 YangGuo。

“虽然风雨的路还很长，但我的心满满的，因为你结结实实地住在我心里。或许我们始终无法在一起，但不管路有多长、风雨多大，都只是将来我们一起看夕阳时谈笑的话题而已。而且只有风雨过后，天空才会出现美丽的彩虹。”我说，“小苹，风雨的路会停，然后我们一起看雨后的彩虹。”

夏天才刚到，我们便相隔 300 公里。

五月底毕业考考完，没等六月初的毕业典礼结束，她就上台北了。
而我，因为考上本校的研究所，便开始放暑假等九月中旬开学。
她告诉我，认识我之前就打算出国念书，平时也积极准备考托福。
上台北是去补托福，三个月加强班的那种。

她借住亲戚家，于是又给了我第三组数字，是亲戚家的电话号码。
在亲戚家不方便深夜讲电话，也不能讲太久，我也不好意思常打。
她偶尔会在两座城市之间移动，而且移动的时间未必是假日。
如果回台南，也未必回家，可能待在住宿的地方。
每当我很想找她说话时，只能循环拨打三组数字——
家里的、住宿地方的、亲戚家的，但通常找不到她。

她已经很少使用MSN，所以在MSN留讯息给她的意义也不大了。
往往她看到讯息时，都已经过了好几天。
因此我买了部手机，让她可以随时找到我。
我很希望她也买手机，但她觉得没必要。
“用不了多久。”她说。

她在台北补托福期间，如果我们有通电话，通常是她打我手机，
但她却很少打。
而且手机电话费太贵，根本不敢讲太久。
我曾要她拨通我手机后，马上挂断，我再打那三组号码其中之一。
“不用了。”她说，“我们得为不久的将来的离别，先做热身。”

这个说法也有道理，不然如果习惯通电话，将来她到美国后怎么办？
趁现在慢慢习惯很久讲一次电话，以后相隔万里才不会太难受。
好，就把这300公里的离别当热身，准备应付10000公里的离别。

然而思念无法先做热身准备。
你可以试着养成很少讲电话的习惯，以应付将来很难讲电话的状况，
但无法养成不思念的习惯去适应将来的离别。
相反，越是比以前更少互通音信，越是想念。

尤其在深夜，思念的浪潮排山倒海而来，只能被吞噬。
在第一次因为思念她而失眠的深夜，我下床写了封E-mail给她。

曾经跟你说过，我特别喜欢在深夜想念你。
但从没想过，会因为想念你而失眠。
思念是需要排遣的，也需要找个出口，
或许在深夜写信是个好方法。

有些东西是假的，比方吴宗宪说他很帅。
有些东西可能是真的，比方吴宗宪说他是浑蛋。
有些东西应该是真的，比方吴宗宪说他很花心。

但总有些东西是真的，而且是如同太阳般闪闪发亮的真，
比方现在坐在计算机前写信的我，正毫无保留地想着你。

谢谢你让我在每一个深夜，都可以因为你而不寂寞。
如果可以，请你允许，允许我保留在深夜里思念你的习惯，
直到太阳不再闪闪发亮为止。

脑中的思绪既多又杂，敲打键盘打出的文字却简单而寥寥。
虽然 E-mail 可以立刻送达，但这封 E-mail 恐怕跟手写信一样。
如果是手写信贴邮票寄出后，对方可能要过几天才收到，
而这封 E-mail 虽然一按键就马上送到她的信箱，
但她过几天再开计算机读取，也同样是要过几天才能读到信。

白天也常会突然想起她，然后就会出神。
比方吃饭时会忘了咀嚼；

喝咖啡时会忘了烫而一口喝下；
走路时会突然冻结，然后被后面的人撞上；
骑机车时经过路口会一直向前，忘了右转回家。

她在台北的日子我常抬起头看看天空，寻找爱尔普兰星。
只可惜很难发现飞机的踪影，我抬头看了三个多月，
才抓到三颗爱尔普兰星。平均一个月抓一颗。
如果是战时，那大概一个月就可抓完 100 颗，
如果侥幸不被炸死的话。

8 月初一个炎热的日子，正打算睡午觉时，她打电话给我。
“15 分钟后，可以到我家巷口吗？”
“没问题。”我说。
当然没问题，我 10 分钟就到了。

算了算，她到台北两个半月了，这次才第三次见她。
把很少见面也当热身好了，因为以后她在美国，恐怕是难得一见了。

我等了 10 分钟后她才下楼，抱着一盆绿色植物。
照理说我应该对她抱着一盆植物感到好奇或惊讶，
但我的视线完全集中在她身上，没看那盆植物第二眼。
即使她抱着一颗炸弹，我大概也不在乎。

“我们先找个地方再说。”她说。

“噢。”

我跟她并肩走着，心里很纳闷她要找什么地方。

只走了五分钟，她在附近中学围墙边的长椅上坐了下来。

我也坐下，在她身旁，我们中间是那盆植物。

“这叫舞草，也叫跳舞草、情人草等。日本人叫它舞萩。”她说，“我喜欢舞萩这名字。”

“那就叫舞萩。”我说。

这植物约 40 公分高，叶子是由三片长椭圆形的叶子组成的复叶。

顶端有一些两侧对生的细长小叶，但比长椭圆形的叶子小得多。

所有叶子的颜色都很青翠。

“舞萩是世界上唯一会随音乐舞动的植物。”她说，“只要光照够、声音振动够强，舞萩就会跳舞。”

“真的吗？”我开始好奇了，“你试过？”

“我试过。”

“你怎么试？”

“唱歌。”她说，“但好像没怎么动。”

“那我知道了。”我说。

“你知道什么了？”

“你声音较低沉，声音的温度也很低，难怪舞萩不想跳舞。”

“最好是。”

“不然你再试一次。”我说，“这次改用尖叫。”

“神经病。”她瞪我一眼。

“你是唱哪首歌试的？”我问。

“晏几道的《临江仙》。”

“宋词太深奥了。”我笑了笑，“难怪舞萩听不懂。”

“不然你来试。”

“我？”

“嗯。”她说，“而且也要唱晏几道的《临江仙》。”

“好。”

“你会唱？”她似乎很惊讶。

“会。”

“你真的会唱？”她更惊讶了。

“你很讶异吗？”

她睁大眼睛看着我，一副难以置信的模样。

光天化日之下，在公共场合唱歌其实是件尴尬的事。

还好这里算僻静，现在四周也没什么人走动。

我清了清喉咙，准备开口唱……

“你真的会唱？”她又问。

“会。”突然被打断，我差点岔了气。

“那你唱吧。”

梦后楼台高锁，酒醒帘幕低垂。
去年春恨却来时，落花人独立，
微雨燕双飞。
记得小苹初见，两重心字罗衣。
琵琶弦上说相思，当时明月在，
曾照彩云归。

舞荻动了，顶端两片对生的侧小叶不停地摆动。
也许应该说，舞荻开始跳舞了。
它舞动时有如蝴蝶振翅，也像体操中婀娜多姿的优美动作。
时而一片小叶向上，另一片向下，时而左右轻轻扭动，
好像随着我的歌声婆娑起舞。
尤其唱到“小苹”时，可能是我的错觉，我发现舞荻跳得更快。

我突然想到，我不曾用专有名词叫过她。
她叫林秋苹，熟一点的人或许叫她小苹，
但别说小苹了，连秋苹、林秋苹等，我都不曾叫过。
只有打电话时，基于礼貌，电话一接通便问：“请问林秋苹在吗？”
除此之外，完全没有。

正纳闷为什么我从未用专有名词叫她时，我发现她似乎很激动。
“舞荻……”她有些哽咽，“真的会跳舞。”
“你应该早就知道了，不是吗？”
“可我是第一次看到。”

她突然流眼泪，泪如泉涌，

仿佛眼睛里有碎片，眼泪必须一直流一直流才能让碎片流出来。

“怎么了？”

这是我第一次看见她哭，我有点惊慌失措。

“没事。”她右手朝我挥挥手，左手掏出面纸擦拭眼泪。

我静静地看着她，想等她哭完，不再流泪为止。

而她只是专心流眼泪，要让眼睛里的碎片流出来才会停。

“在我们不知道的领域里，植物有自己的感官。”她终于止住泪。

“嗯。”

“或许我也像舞萩一样，有一个不为人知的感官。这感官连我自己都不知道。”

“那是第六感吗？”

“或许是，或许不是。”她说，“我不清楚，而且也不重要。”

“噢。”

“你今天为什么带舞萩给我看？”我问。

“没有为什么。”

“那你刚刚为什么哭？”

“我不想说。”

“噢。”

“总之，我决定了。”她说。

“你决定了什么？”

“我不想说。”

“噢。”

“你只会说‘噢’。”

“我也决定了。”我说。

“你决定了什么？”

“以后我可以叫你小苹吗？”

“你喜欢怎么叫就怎么叫。”

“噢。”

“你只会说‘噢’。”她瞪我一眼。

“我明天上台北。”她说，“你后天有空吗？”

“有空。”

“后天晚上我九点半下课，你可以在补习班门口等我吗？”

“好。”

“不好。”她摇摇头。

“啊？”

“你还要搭车回来，太晚了。”

“你可以留我过夜啊。”

“神经病。”她瞪我一眼。

“反正隔天没事，我搭夜车回来就好。”我笑了笑。

虽然很好奇她为什么抱着舞萩出现，
更好奇当她看到舞萩舞动时，为什么突然泪流不止，
但她既然不想说，我再问也是白搭。
何况能到台北跟她见面，这让我非常兴奋。
那种兴奋会盖过所有好奇心。

我搭四点多的火车，到台北时还不到九点。
补习班在火车站附近，走路过去应该不用 10 分钟。
走出火车站，看到路边花店立了一张牌子：七夕鲜花大特价。
我才知道今天是七夕。

老板怂恿我买花，我心动了，甚至觉得不买花会对不起国家民族。
花被包成一束束，但只有两种：三朵红玫瑰和五朵粉红玫瑰。
本来想买三朵红玫瑰，但三朵红玫瑰 150，五朵粉红玫瑰 200，
以单价而言，粉红玫瑰较便宜，
所以我改买五朵粉红玫瑰。

到了补习班，还不到 9 点 20。
在门口拿着花等人很怪，便走到三间房子外，双手拿花藏在背后，
背部斜斜靠在柱子上呈现完美的 15 度角。
眼睛注视着从补习班走出的人，静静等她出现。
9 点 40，她走出补习班，在墙边停下脚步。
我立刻走向她，双手还是把花藏在背后。

“小姐，”我走近她右手边，“等人吗？”
“不是。”她回答，“我等猴子。”
我愣了愣，来不及回话。
“我等猴子来抓住我。”她说。
我完全愣住，不知道怎么回应。

“你的手在干吗？”她问。
“噢。”我回过神，双手把花递向她，“情人节快乐。”
她先是一愣，然后伸手接过花束。

“买花实在没必要。”她面无表情，语气还是低温。
我觉得很沮丧，刚刚应该买三朵红玫瑰才对。
以总价而言，红玫瑰较便宜，损失较少。

我们一起等公交车，再一起坐公交车。
经过六站左右，最后一起下车。
“累不累？”下车后，她问。
“坐公交车不会累。”
“我问的是火车。”
“我坐火车时都在睡觉，所以不知道火车累不累。”
“神经病。”但她笑了。

我们并肩走着，天空好像飘了一些雨丝，
但雨太小了，几乎没人打伞。

“你吃晚餐了吗？”她问。

“在火车上有吃便当。”

“哦。”她说，“本想如果你还没吃，可以一起吃点东西。”

“啊？”我大吃一惊，“竟然可以一起吃饭？”

“你很讶异吗？”

“那你当我没吃吧。”我说。

“神经病。吃了就是吃了。”她说。

我很扼腕，早知道就不在火车上吃便当了。

但我真的很讶异，为什么她已经可以跟我一起吃饭了？

我们接下来都没开口，只是并肩走着。

雨丝还在飘着，这样也好，让原本盛夏的夜晚不再酷热。

走到一盏水银灯照射下的巷口，她停下脚步。

“我就住这巷子里。”她说。

“下了公交车后还要走二十几分钟耶。”我看了看表，“你每天这样走不会累吗？”

“我刚刚提早两站下车。”她说，“平时只要走三分钟。”

“为什么提早下车？”

“想陪你多走走。”

我看了看她，水银灯映照着她，她整个人变得很明亮。

“剩下的路，我一个人走吧。”她说。

“为什么？”

“我怕讲出不该讲、不会讲也不想讲却忍不住讲出口的事。”

“你补英文补过头了。”我笑了笑，“讲中文好吗？”

“总之，我自己走。”

“是什么事？”我问。

“刚说了，不该讲、不能讲，也不想讲。”

“透露一点就好。”

“再过两个礼拜课程就结束了，到时候我会回去。”她犹豫一下，“或许回去后，再看看吧。”

“你的再看看，通常看不到任何东西。”我说。

她看着我，欲言又止。

“总之，那件事跟我的决定有关。”她说。

“什么决定？”

“这决定跟你无关。”

“噢。”

“你只会说‘噢’。”

“那是因为你只会不说。”我说。

“你回嘴了。”

“是啊。”我笑了起来，“胆子突然变大了。”

她也笑了起来，很灿烂的笑容。

“很晚了，你赶快坐车回去。”她说。

“可是……”

“不要担心我的决定，那决定不是坏事。”

“到底是什么决定？”

“你只要记得，那决定跟你无关，你不要有压力。”

“压力？”

“我走了。”

她说完后，转身低头默默往前走，没有回头。

虽然有股冲动想追上去，但我一直待在原地，注视着她的背影，

直到她的背影越来越暗、越来越淡，最终消失不见。

我始终不知道她的决定是什么，

但我相信她所说的，那决定不是坏事。

小苹，你有你的决定，我也有我的决定。

我决定要尽一切力量，克服 10000 公里的离别。

9

夏天快结束了，秋天即将来到。

我最怕这种时节，因为十几年前她就是在夏末秋初时到美国的。

那时我深刻体会到“愁”字的意义：

秋入我心，心上有秋，如何不愁？

虽然绝口不提出国这件事是那时我和她之间的默契，

但她应该可以在出国前夕，打个电话跟我说，

如果说不出口，在 MSN 留讯息或写封 E-mail 给我也行吧？

再不然，到了美国后再通知我应该也不难。

可是她完全断了音讯，什么话都没说，什么字也没留。

过了几个月，我才接受她离开台湾而且不想再跟我联络的残酷事实。

接受事实只要几个月，抚平伤痛却要好几年。

搞不好即使过了十几年，也还是隐隐作痛。

就像我现在，想起这段过往，还是会莫名感伤。

没想到重逢已半年，这种感伤却依旧。

手机突然响起，她打来的。

“你现在在做什么？”她问。

“感伤。”

“怎么了？”

“拔河时摔得遍体鳞伤。”

“嗯？”

“没事。”我说，“你找我？”

“废话。”

“是找我的废话，还是不找我的废话？”

“1。”她说，“有空吗？”

“有。”

“我在黄金海岸。”她说。

“我现在过去。”我说，“还是那间白色小屋？”

“嗯。”

挂上电话，我赶紧开车出门。

今天是星期六，重逢至今她从未在假日打电话给我，
所以我有点纳闷。
还没想出答案，我已到了那间白色小屋。
停好车，下车走到海堤上，她依然坐在十公尺外，面向大海。
我走到她右手边，坐了下来，陪她一起看海。

“视线要稍微往上一点点。”她说。
“往上一点点？”
“因为主角是夕阳，不是海。”
“噢。”我恍然大悟，“所以你是特地约我出来看夕阳？”
“嗯。”

现在时间还早，大概还要一个半小时太阳才会下山。
严格来说，此时的太阳还不算夕阳。
但无所谓，即使是日正当中的太阳也终会变成夕阳，
然后一定会下山。

想起十几年前，我们走下海堤坐在沙滩上看夕阳，
如今是坐在海堤上看夕阳。
这算进步，还是退步？
以距离的角度而言，此处离夕阳更远一点点，算退步；
但以时间的角度而言，此刻可以看夕阳更久，算进步。

“还是要记得更改档案目录夹。”她说。

“嗯？”

“虚拟的影像档。”

“噢。”

这时才算真正的恍然大悟，原来她又想让虚拟的影像档成真。

我很感动。

在我的虚拟影像档中，主要有三个画面：

遥望雨后的彩虹、坐在海堤上看夕阳和星星。

如今和她并肩坐在海堤上看夕阳、看星星的画面都已成真。

“只剩一起遥望雨后的彩虹。”我说，“不知道何时才有机会。”

“其实我们有过机会看雨后的彩虹。”她说。

“真的吗？”我很惊讶。

“就是我半年前打你手机那天，也就是重逢那天。”

我想起来了，那天她突然打来，第一句话就是：

“你现在可以看到彩虹吗？”

“所以你是因为看到彩虹，才突然跟我联络？”我问。

“嗯。”她点点头。

“这理由太奇怪了。”

“我说过了，就像老天突然下雨，我会当作老天的暗示。”她说，“看到雨后的彩虹，也算是老天给的暗示吧。”

“如果半年前那通电话，我回答没有看到彩虹呢？”我说。

“那我立刻挂电话。”她说。

“为什么？”

“出国前夕，我决定从此不再跟你有任何联系。”她说，“只是因为看到彩虹，我才打给你。如果你没看到彩虹，那就算了。”

为什么隔了十四年又五个月后，她会突然联络我？

这问题我其实不太在意。

如果她失去音讯可以毫无理由，那么突然联络也可以没有理由。

如今她给了突然联络的理由，只是因为看到彩虹。

那么失去音讯，是否也有理由？

如果有，那又是什么？

我真正在意的问题，最想得到解答的是：

为什么她会断了音讯十四年又五个月？

我无法理解，更无法谅解，至今依然无解。

“为什么看到彩虹是老天的暗示？看到彩虹有那么重要吗？”

“不只是看到彩虹，”她说，“其实我最想的，是一起看彩虹。”

“为什么？”

“你曾说：‘小苹，风雨的路会停，然后我们一起看雨后的彩虹。’”她说，“你还记得吗？”

“记得。”我说。

“那是你第一次叫我小苹，我这辈子恐怕都不会忘。”她说，“从此我便觉得只要一起看到彩虹，我们风雨的路就应该停了。”

那是在她补完托福后，回来等待出国的短暂时间里，
我对她说过的话。
已经是十几年前的事了，现在回想起来算讽刺。
那时我觉得再远的离别都不是问题，我有信心可以克服。
所有因离别所产生的苦痛，都只是将来谈笑的话题而已。
而且我相信风雨的路，会停。

现在风雨的路停了吗?
或者说，会停吗?
我完全没把握，也没自信。

“为什么过了十几年你才看到彩虹？”我问。
“我曾经期待看到彩虹，所以期待下雨、期待雨停、期待雨停后天空出现彩虹，满满的期待。期待能早日和你一起看到彩虹。”她说，“但没多久，就放弃了。”
“放弃？”

“我放弃希望。”她说，“从此每当雨后，不再抬头看天空。”
“你放弃了什么希望？”
“跟你在一起的希望。”
“为什么放弃？”
她看了我一眼，欲言又止。

“伤心欲绝。”过了一会儿，她说。

“你是因为伤心欲绝，所以完全断了和我的联系？”我很惊讶。

“算是吧。”

“发生了什么事让你伤心欲绝？”

“我不想说。”

经过了十几年，我总算知道为什么她会突然断了音讯，

但却引发了更大的疑问：为什么她会伤心欲绝？

到底发生了什么事让她伤心欲绝？

“虽然不再联系，我依然挂念你，只是得强迫自己绝不能联络你。”

她说，“我只是放弃希望，从未断绝想你的念头。”

“我知道。”

“半年前是很偶然的机会，在毫无心理准备的情况下，突然看到彩虹。”

她说，“我把这当作老天的暗示，就打电话给你了。”

想起重逢那天，下午下过一场雨。

我早就没有看彩虹的念头，因此也没在意，直到她打电话来。

从六楼办公室看向窗外，南面的天空竟然挂着一道朦胧的彩虹。

“以后我们还可以一起遥望雨后的彩虹吗？”我说。

“或许我们都很想，也都很愿意，”她说，“但恐怕不能。”

“为什么？”

“因为我们之间风雨的路，从来没停。以后可能也不会停。”

我心头一震，没有接话。

我和她之间几乎没默契可言，但重逢之前的那两个默契，
我们竟然当成誓言来遵守，而且从不违背，到现在还是，
因此我不知道她的状况，她应该也不清楚我的状况吧。
我们像两只埋首沙中的鸵鸟，以为不闻不问就没有风雨，
然而一旦抬起头，却发现风雨依旧。

“抬起头吧，”她说，“夕阳很美。”
“噢。”原来我刚刚不知不觉低下头沉思。
我抬起头，此时的太阳已经是名副其实的夕阳了，
又大又圆又是浓浓的橙黄色。

“你一向是个聪明又善良的人，”她说，“但有天你会明白，善良比聪明更难。聪明是一种天赋，而善良是一种选择。”
“为什么突然说这些？”
“因为不管你怎么做，你终究会选择成为一个善良的人。”她说，
“所以我知道你不会伤害无辜的人。”

“你知道？”
“我认识你多久了？”
“一辈子。”
“嗯。”她说，“所以我知道。”
我又陷入沉思，但这次是看着夕阳沉思。

天空隐约出现一道细长的白色喷射云，应该是飞机划过天空留下的。

她伸手向天空抓一下，似乎抓住了那架飞机，然后低头闭上眼睛。

“你竟然还记得。”我笑了起来。

“嗯。”她睁开眼睛，也笑了笑。

“你不是说那传说很幼稚吗？”

“但你说了，可以把这传说当成信仰。”

“没错。”我说，“我是这么说过。”

“所以你这些年来总共抓了几颗？”她问。

“我记得那年你从台北回来后，告诉我不用再抓爱尔普兰星了，”我说，“可是你没说为什么不用再抓。”

“嗯。”她说，“那时觉得你的愿望可以实现了，只差你愿不愿意让它实现而已。”

“你那时知道我的愿望？”

“可以猜得出来。”她笑了笑。

“后来你不告而别，我就没再抓了。”我说。

“为什么？”

“可能跟你一样，也是放弃希望了。”

她没回话，只看了我一眼，眼神似乎有些不舍。

“那年看夕阳时抓了第一颗，你到台北期间我又抓了几颗，”我说，“所以总共只抓了三四颗吧。”

“嗯。”

“那你呢？”我问，“你抓了几颗？”

“连同刚刚那颗……”她说，“总共 63 颗。”

“这么多？”我吓了一跳。

“因为这些年来，我还是会抓爱尔普兰星。”

“你不是早就放弃希望了吗？”

“嗯。”她说，“但抓完一百颗爱尔普兰星，是为了完成我的心愿。而我的心愿，只跟你有关，跟我无关。”

我愣了愣，没有回话。

“所以我虽然早已放弃希望，但仍旧想达成我的心愿。”她说。

“你的心愿只跟我有关？”

“嗯。我希望你这辈子……”她突然警觉似的闭嘴，然后微微一笑，“这心愿不能说，不然就不能实现了。”

我看着她，心里是满满的感动，一股暖流流经全身。

夕阳下山了，天色渐渐灰暗。

“明天下午你有空吗？”她问

“有。”

“那下午三点，在我家巷口碰面？”

“好。”

“对了，刚刚你说：‘你的愿望可以实现了，只差你愿不愿意让它实现而已。’”我说，“我不懂什么叫只差我愿不愿意让它实现。”
“嗯……”她拉长了尾音，似乎在犹豫。

“你又不想说了？”
“明天有机会的话，再看看。”
“你的再看看，通常看不到任何东西。”我说。

“明天如果可以……”她看着我，“我会说。”
“还要说你为什么伤心欲绝。”
“你应该知道，我始终有语言表达障碍。”
“但我可以期待，你明天突然很有勇气吗？”
“嗯。”她微微一笑，“可以。”

这天晚上，我的心情很复杂，有兴奋、期待，也有恐慌、不安。
重逢后除了那次一大早吃早餐外，碰面的时间都在晚上。
而今天和明天，都是在假日的白天，而且还是连续两天碰面。
这让我很兴奋，也期待未来可以保持这样的频率。

但我也意识到，十几年前她的不告而别让我产生很多问号。
我曾经埋葬了这些问号，埋得很深很深。
今天她挖出一些问号，而且给了答案，明天她可能会挖出更多问号。
每当她挖出一个问号，我会隐隐感觉到当时的痛，
而她解答后，我除了恍然大悟和震惊外，竟然还感觉到另一种痛。
明天的我，可以承受更多吗？

我抱着一堆疑问和很多不安，终于熬到隔天下午三点。

我提早五分钟到，她准时抱着一盆绿色植物出现。

“还记得吗？”她问。

“这是舞萩？”我很惊讶。

“嗯。”她说，“以前那盆在我出国时枯死了，这盆是上个月买的。”

这株舞萩应该有半公尺高，叶子依然青翠鲜绿，

也依然是长椭圆形的叶子，和顶端一些细长小叶。

所有叶子的颜色都很青翠。

“这株你试过它会不会跳舞吗？”我问。

“有时候会。”她说，“但还是不太明显。”

我们走到附近中学的围墙边，找张长椅坐下。

十几年前应该也是坐在这里吧，我不太确定。

“你唱吧。”她说。

“啊？”

“如果你能让舞萩跳舞，我就说。”她说。

“好。一言为定。”

“反正只要有说就好，不用说太多。”

“喂。”

“我尽量鼓起勇气。”她微微一笑，“知道要唱什么吧？”

我点点头，清了清喉咙。

梦后楼台高锁，酒醒帘幕低垂。
去年春恨却来时，落花人独立，
微雨燕双飞。
记得小苹初见，两重心字罗衣。
琵琶弦上说相思，当时明月在，
曾照彩云归。

十几年了，舞莉真的是老朋友，很给面子。
顶端小叶不停地舞动，舞动轨迹像椭圆形。
每片小叶转动 180 度后便弹回原处，然后继续起舞。
唱到“小苹”时，小叶刚好弹回原处又重新舞动。
我依然觉得，舞莉对“小苹”的反应最热烈。

她又像以前一样，突然流眼泪，而且泪流不止。
这是重逢后，第一次看她掉泪。

印象中，她哭过三次，其中一次是在电话中哭。
那时她在电话那头哭，很明显的哭声。
仿佛她打电话给我，只是为了哭给我听。
那通电话结束在哭泣与手机的电力耗尽中。

剩下的两次，她在我面前哭。
一次也是因为舞莉，另一次则是在 M 栋侧门水池边。
她哭的时候通常是专心地哭，也就是不会边哭边说话。

不过在 M 栋侧门水池边那次，她哭得好伤心，边哭边试着说话，
但一句话都没办法说完。

当她哭时不会靠近我，我也不敢抱着她。
我总是静静陪着她，看她哭、听她哭，等她哭完。
我从不会说出别哭、不哭了之类的话，
因为我希望她哭出来，我觉得她需要哭出来。

现在的她，应该不可能在电话中哭了。
而这次在我面前哭完后，我也希望她以后不会在我面前哭了。
我希望她是因为从此不再需要哭，
而不是哭不出来或是不想哭给人听。
我衷心希望，今后她不需要再哭了。

我有好多的“希望”，我应该抓爱尔普兰星，许下这种愿望。
像她一样，我的愿望也可以只跟她有关，跟我无关。
或许抓下一百颗爱尔普兰星后，她就不需要再哭了。

“好了。”她终于止住眼泪。
“你不是因为难过而哭吧？”我问。
“不是。”她摇摇头，“应该算是一种感动。”
“没想到我唱得那么好，竟然让你感动到哭。”
“神经病。”她瞪我一眼。
嗯，她应该走出流泪的情绪了。

“你为什么老是挑晏几道的《临江仙》？”我问，“一般不是都唱流行歌曲吗？”

“我是小苹呀。”她说，“你不觉得这是可以代表我的词吗？”

“没错。”我笑了笑。

“其实最大的原因，是我想听你叫我小苹。”

十几年前，我不曾用小苹、秋苹、林秋苹等专有名词叫过她。

直到看到舞菽后，才决定以后叫她小苹。

只可惜没多久她就出国了，我只叫过她几次小苹。

而重逢至今，一次都没叫过。

“为什么想听我叫你小苹？”我问。

“会感觉很亲近。”

“噢。”

“你只会说‘噢’。”她又瞪我一眼。

“我不只会说‘噢’，我还会唱《临江仙》。”

“这真的让我非常讶异，我以为你不会唱。”

“既然觉得我不会唱，干吗一定要我唱这首？”

“因为我真的……”她迟疑一会儿，“很想听你叫我小苹。”

“小苹，”我问，“你好像都会因为舞菽流眼泪？”

她愣了愣，没有回话。

“叫小苹没错吧？”我说，“还是要叫小苹果？那首歌很红耶。”

“你叫我小苹果试试看？”她嘴角扬起，闪电般笑了一下。

“我不敢。”我也笑了。

“你为什么会因为舞菽流眼泪？”我又问。

“我一直觉得或许我像舞菽一样，有一个不为人知的感官，而这感官只会针对特定的人有反应。”她说，“而你就是那个特定的人。”

“是吗？”

“起码我相信是。”她点点头，“当舞菽舞动时，我紧闭的心门就打开了。只有你的声音，能让它开门，然后舞动。”

“所以你十几年前那次流眼泪，也是因为这个？”

“嗯。”她说，“那时我很感动，也很确定只有你。”

“只有我？”

“只有你，才是那个特定的人。”她说，“也只有你，才能打开我紧闭的心门。”

我看着她，她的眼神很坚定，似乎充满决心和勇气。

“所以我做了个决定。”她说。

“你决定了什么？”

“我……”她欲言又止。

“舞菽都跳舞了，你应该也要有勇气。”

她看了我一眼，然后点了点头。

“其实林志玲有嫁给吴宗宪。”她说。

“嗯？”

刚听到时觉得莫名其妙，正想追问时，

脑子里仿佛轰隆一声响起雷。

突然想起那年在天色灰暗的 M 栋侧门水池边，她说的话：

“我主动跟他分手的概率，大概和林志玲嫁给吴宗宪的概率一样。”

那林志玲有嫁给吴宗宪……

我心绪如潮，汹涌澎湃。

张大嘴巴，久久说不出话来。

我们会在侏罗纪时，一起躲避凶猛的暴龙，在丛林中找食物。

也会在未来核爆后，在机器人搜捕的危险中，从废墟里找水。

当我离开地球到火星探险时，你也会穿着太空衣陪在我身旁。

而当我透过防护罩看着你时，你仍然是那个任性善变的女孩，

也依旧拥有完美的四分之三侧面。

不管是过去或未来，无论是地球或外太空，

我们都会在一起。

不会分离。

她终于结束台北补习班的课程，回来了。

因为不提何时出国是我们的第二个默契，
所以我不知道她再待多久就要离开台湾。
我只能猜想应该很快，具体的时间或许是一个月，甚至更短。

面对即将到来的10000公里离别，我已做好心理准备，
也决定要尽全力克服。
距离不会是问题，关键是在鞋里的沙而已。

她从台北回来的隔天，我们约出来走走。
这走走，还真的只是走走。
以她家巷口为起点，沿着人行道或骑楼行走。
遇到路口，要直行、左转或右转？

“随意。”她总说。

我也就随意，没有干杯。

“上次在台北，你所说的那个决定到底是什么？”我问。

“我说过了，不该讲、不会讲，也不想讲。”

“但你也说：‘回去后，再看看吧。’”

“那么现在就是看不到。”她耸耸肩。

“真的不能讲？”

“是不需要讲。”她说，“因为那决定只跟我有关，跟你无关。”

“可是……”

“总之，”她停下脚步，“请你记得……”

“我从来不想给你任何压力。”

她说完后，微微一笑，转身走进一家服饰店。

她心情似乎很好，走路速度变慢，脚步也很轻盈。

只要经过感兴趣的店，便直接走进去逛一圈再出来。

说话时声音的平均温度提高，笑的频率也很高。

如果以前平均每十分钟笑一下，今天就是平均每分钟笑一下。

“你总共抓了几颗爱尔普兰星？”她问。

“你在台北时，我只抓了三颗，所以总共才四颗。”我说，“虽然常抬头看天空，但几乎没看见飞机飞过。”

“如果一抬头便可看见，那抓下一百颗爱尔普兰星就太容易了。这样许愿还有意义吗？”

“说得也是。”我说，“只是不知道还要多少年，才能抓一百颗。”

“或许你以后不用再抓爱尔普兰星了。”她说。

“为什么？”

“有时愿望是看自己愿不愿意让它实现而已。”

“愿不愿意让它实现？”我很纳闷，“自己所许的愿，怎么会不愿意让它实现呢？那许愿不就是在许身体健康吗？”

“嗯。”她说，“愿意让它实现很好。”

“为什么我以后不用再抓爱尔普兰星了？”我问。

“这话题已经结束了。”

“但你还没回答为什么不用再抓啊？”

“没有为什么。”

“可是……”

“别再想这个了。”她说，“怕你脖子酸而已。”

“即使不用常常抬头看天空找爱尔普兰星，我的脖子也一定会酸。”

“为什么？”

“轮到你问为什么了。”我笑了笑，“我也要像你一样卖关子。”

“你到底说不说？”她瞪我一眼。

“你到美国后，我一定引颈期盼你回台湾。”我说，“既然要引颈，那脖子一定会酸。”

她又停下脚步，转头看着我，欲言又止。

“怎么了？”我看她迟迟没开口，便问。

“也许……”她说，“你也不用引颈期盼。”

“为什么？”

“因为我要卖关子。”

“喂！”

她笑了起来，很开心很灿烂的笑容。

真的是很干净很清爽的笑容，让人全身舒畅。

我想要成为这种笑容的拥有者，和守护者。

“继续走吧。”她说。

我点点头，走在她左手边，并肩走着。

突然有股冲动想牵住她的手，却无法突破那 20 公分的距离。

我们并肩在街道上随意乱走，轨迹毫无规律，甚至会重复。

她转身走进的店，也没有共同点，似乎只要是开门做生意的店，她就可能走进去，逛一圈再出来。

“你会渴吗？”我问。

“有点。”她说。

我们走进便利商店买了两瓶矿泉水，然后站在店门外喝。

她喝了几口后，突然笑了起来，眼睛好清澈、好明亮。
即使拼命游，我始终游不出她的眼神。
但那瞬间，我不想游了，只想溺死在她的眼神中。

“为什么突然笑？”她停止笑后，我问。
“想起去年你帮我浇水的事。”她说。
“噢。”我说，“你不知道你是多么美丽，你像花儿一样盲目。”
“你依旧觉得我像花吗？”
“嗯。”我点点头，“而且我还是想浇水。”
她又笑了起来，像一朵在山野间绽放的花。

“如果我说我现在走累了，你会像那天那样背我吗？”她问。
“不会。”
“因为我体积大？”
“不是。”我说，“因为背着你的话，就看不到你的脸，也看不到你清澈明亮的双眼，更看不到你完美的四分之三侧面。”
她嘴角扬起，闪电般笑了一下。

“你背我时，觉得我重吗？”她问。
“那时不觉得你重，相反，我觉得你好轻。”我说，“但如果现在背你，我一定觉得很重，而且重死了。”
“为什么？”
“因为我背着的，是我的整个世界。”

她手里拿着矿泉水瓶，眼睛一直注视着我，然后泛起一抹微笑。

“我的表情还可以吧？”我摸了摸自己的脸。

“嗯。”她说，“还算真诚。”

“我的表情还是那么会说话？”

“对。”她笑了笑。

我们继续并肩走着，边走边聊天，忘了时间，也忘了地点。

这些我再熟悉不过的街道，有时会有第一次经过的新鲜感。

唯一不变的熟悉感，依然是她如清澈水面的双眼、

完美的四分之三侧面、闪电般的笑和灿烂的笑容。

终于走回她家巷口，这次的走走，走了两个小时。

这是认识她以来，我们并肩一起走走的时间最久、路程也最长的一次。

“我们如果常这样走，身体会很健康。”我说。

“你喜欢这样走吗？”她问。

“只要你喜欢，我就喜欢。”

“我喜欢。”

“那我也喜欢。”

应该是要道别了。

每次要道别，都得让她先说，但她从不说再见或 bye-bye。

她总是说“该走了”“该回去了”“差不多了”之类的话。

只要听到她说这些，我便会说 bye-bye，然后道别。

感觉她好像还有话要说，但她迟迟没开口。

我只能跟她站在巷口，像站岗一样。

我当然不急着走，待越久越好，可是这样站着很怪吧？

“后天晚上你有空吗？”她终于开口。

“后天是礼拜六，我要去澎湖玩，会过夜。”

“哦。”她似乎有些错愕，“那么改天吧。”

这是我第一次在她询问时说不行，也是唯一一次。

我觉得很不安，尤其在看到她错愕的表情时，我甚至有罪恶感。

“该回去了。”她说。

“嗯。”我说，“bye-bye。”

我看着她的背影离开，打开铁门走进去，

但那种莫名的罪恶感一直无法消化。

陈佑祥发起了一个初中同学会，澎湖之旅两天一夜。

大约有30个初中同学参加。

我觉得跟初中同学聚聚很好，顺便去没去过的澎湖玩，便参加了。

出发当天是9月15日，坐船时我突然惊觉，会不会是她的生日？

她MSN账号的末四位数字0915，正常来说会代表生日。

该跟她说声生日快乐吗？

如果这天真的是她生日，那么她在生日当晚找我，有特别的事吗？

她的生日一直是我不想触碰的部分，可能也很难跟她说生日快乐，因为她之前在M栋侧门水池边说的那段话：

“我和他虽不同年，却是同一天生日。因为这样，我觉得缘分很深，仿佛是注定……”

这段话我在心里放得很深，也藏得很深。

如果跟她说生日快乐，势必得触碰这个禁忌的话题。

别说一起庆祝了，这根本不可能，

就连只跟她简单说句生日快乐，我也觉得尴尬和为难。

这天我就一直夹杂在这种矛盾而复杂的情绪中，也无心游玩。

隔天从澎湖回来后，打电话给她。

但循环拨打三组数字，不是没人接就是不在。

照理说第三组电话号码应该不用打的，但我还是习惯每次打三组。

我只好上MSN留了讯息给她，告诉她我回来了。

连续三天，我打电话都没找到她，她也没在MSN留讯息给我。

第四天晚上，她终于打我手机了。

电话接通后，我便问她发生什么事了，

但她并没有回答。

“其实我不该打电话给你。”她说。

“怎么了？”我很纳闷。

“我做了个决定。”她说。

“你怎么常常做决定？”我笑了笑。

“你也做了决定，不是吗？”

“我？”我更纳闷，“我做了什么决定？”

“那不重要。”她说，“我这次做的决定跟你有关。”

“是什么决定？”我问。

“我……”她似乎在犹豫。

“没关系，慢慢说。”我又问，“是什么决定？”

“其实我不该打电话给你。”

“你在跳针吗？”

我听到细碎的吸鼻子声音，是哭声吗？

以往在电话中，除了我们东扯西扯的语言外，

最常听见的是她的笑声，和生气时沉默的轻微呼吸声。

上次她在我面前因为舞萩而哭，只是流眼泪而已，哭声很细微，

现在很明显，是哭声。

“你在哭吗？”我问。

她没回答，只是哭。过了一会儿，才模模糊糊听见一声“嗯”。

我没继续追问，也没安慰她要她别哭，只是静静听她哭。

她没有试着说话，也没有努力止住哭的企图，

只是很专心地哭。

或许她心里也有碎片，必须一直哭才能让碎片流出来。

我不知道她哭了多久，只知道手机快没电了。

“如果说不出口，见面再说好吗？”我问。

她没停止哭泣，只是含混应声：“好。”

然后她继续哭，直到手机电力耗尽。

隔天下午她打我手机，约好半小时后在M栋侧门水池边碰面。

我提早十分钟到，坐在似乎是我专属的石椅上等她出现。

今天天气很凉爽，有种夏天快结束了的感觉。

等她出现的时间里，我一直在想她到底发生了什么事。

她出现了，静静地坐在我旁边的石椅上，眼睛看着水面。

“其实我不该来。”她说。

“你怎么老是说其实不该？”

“如果我昨天说出口，今天就不用来了。”

“你到底想说什么？”

“再……”她只说了一个字，便没往下说。

“在什么？”我等了许久，“是在什么地方？或是在什么时候？”

她的眼泪突然蹿出眼角，迅速滑过脸庞。

“我……”

她试着开口时，却又哽咽，然后泣不成声。

即使这样，她依然边哭边试着说话，

但最多只能说出几个字，连一句话都没办法说完。

我突然有种离她好远又离她很近的矛盾感觉。
即使她哭得很伤心、很无助，她也不会靠近我，我也不敢抱着她。
我只能看她哭、听她哭，等她哭完。
这次不怕手机没电，她可以尽情哭、放肆哭。

我们之间，心的距离可以很近，甚至没距离，
但肢体之间，总是维持一小段安全的距离，
仿佛我身上带正电时她身上也带正电，我带负电时她也带负电。
同性相斥的结果是，我们的肢体间总是维持一小段距离。
不能靠近，也无法靠近。

“我做了个决定。”她终于止住泪水和哭声。
“我知道。”我说，“是什么决定？”
“我想跟你说……”她似乎又说不下去了。
“你说吧，说什么都没关系。”我说，“只要说出来就好。”

“我只知道这个决定是对的。”她说，“如果将来我后悔了，我一定会跟你说对不起。”
“你从不跟我说对不起耶。”我很惊讶。
“我知道。”她说，“所以如果我后悔了，一定说对不起。”
“你的决定到底是什么？”我有点不安。

“请你记得，无论过了多久，即使我们已没联络，形同陌路，我一定仍然会在某个地方挂念你。”她说，“不管那地方离你多远。”

“我也是。”我猜想她可能因为快去美国了，所以有感而发。

“你会记得吗？”

“会。”

“我一直学不会好好道别。”她说。

我突然意识到危险，好像非洲草原的羚羊察觉到附近可能有狮子。

而她说那句话的眼神，像茫茫大海，不像原先的清澈湖面。

“该走了。”她站起身。

我只能带着问号和不安，跟她离开 M 栋侧门水池。

“你可以陪我走回家吗？”她说。

“走回你家？”我有点吃惊，“那起码要走半小时耶。”

“正确地说，是 38 分钟。”她说，“我刚走过。”

“你是走路来的？没骑机车？”我更吃惊了。

“嗯。”

“你机车又坏了？”我问。

“没。”她摇摇头，“只是想走走。”

“噢。”

“请你陪我走回家，好吗？”

“当然好。”

我们并肩走着，像以前一样，但几乎没交谈。

以前偶尔也会没交谈，那是因为她在生气。
像这种她没生气我们却没交谈的氛围，是第一次。
我试着在途中问她两次：“你的决定到底是什么？”
但她始终没开口回答。

终于走到她家巷口，她停下脚步后似乎试着开口，
但没发出声音，只是嘴巴微张。
然后她转身走到楼下铁门前，打开门进去，没有回头。
她的背影消失后，我转身走回校园。

走到她家花 38 分钟，走回校园却花了 45 分钟。
我一直在想，她的决定是什么。
为什么后悔了就要跟我说对不起？
脑海里也一直萦绕着她说“我一直学不会好好道别”时的眼神。

我对她的声音很敏感，那句话不是低温，而是没有温度。
我对她的眼神也很敏感，她说那句话时的眼神不只是深邃，
而是深不见底。

我等了两天，猜想她应该会跟我联络，让我知道发生了什么事，
但她完全没消息。
从第三天开始，我又循环拨打三组数字，但找不到她。
上 MSN 也找不到她，只能留讯息。
以前我们偶尔会通 E-mail，但我的 E-mail 信箱也没新信件。

持续这样的状态两个礼拜，我心里产生了一个不平衡的天平。
这个天平摇摇摆摆，时而左边向下，认为她刻意离开我，
时而右边向下，认为她只是有某种我不知道的苦衷，
才会暂时失去音讯。

一个月后，我辗转得知她已经到美国半个月了。
那个天平直接向左边倾斜，然后不动了。
我心里产生一大堆问号，这些问号组成一座迷宫。
其中频繁出现的三个问号是：为什么她要刻意离开我？
到底发生了什么事？什么时候她才肯告诉我？

时间的钟摆仿佛成了锐利无比的刀，左右摆动变得非常缓慢，
但每一次摆动，都很轻易地在我心里划出一道道伤口。

几个月后，我决定埋葬所有问号。
问号都不见了。
我接受她已离开我，而且也不想再跟我联络的事实。
句号。

我终于明白那句“我一直学不会好好道别”的意思。
她确实学不会，因为她连“道别”都没做到。

当我用尽力气跟她拔河时，她突然放手，我便跌得满身是伤，
然后我又花了一段时间，治疗这些跌伤。

以为伤好了，终于可以正常行走时，

却时常突然被关于她的记忆击溃。

我终于意识到，她成了我的逆鳞。

我得把关于她的所有记忆，放进大门深锁的记忆仓库，任它尘封，

包括她最后一次在M栋侧门水池边要我记得的事。

我也得想尽办法将关于她的一切，可以遗忘就遗忘，

如果不能遗忘，就要藏得很深很深。

避免任何人，包括我有意或无意间碰触这块逆鳞。

时间可以稀释情感，时间也可以沉淀情感。

如果情感是沙，心是水，除了必须停止搅拌外，

只能静待时间将沙子沉淀在底部，让心看起来是清水，

然而沙子的沉淀速度非常非常缓慢。

我不再抬头看天空。

除非拿把刀架在我的脖子上或拿把枪抵住我的太阳穴，逼我抬头看天空。

但即使我不得不抬头看天空，我还是不会抓爱尔普兰星，

我也不再期待雨后的彩虹。

所有的现在都会成为过去，

所有的未来也都是不久之后的现在。

虽然时间过得非常缓慢，但总有一天，

我跟她之间的所有记忆会像是上辈子的那般遥远。

就算是 forget，至少曾经 get。

就算是 lover，最后还是会 over。

再见了。小苹。

10

“舞萩开始舞动时，我的心门完全敞开，明亮的光线照进去，我可以很清楚地看到内心深处。尤其当你唱到小苹那句时，我更加确定。”她说，“那瞬间，我做了个决定，至今仍无怨无悔。”

我想说点什么，却说不出话来。

“我决定跟他分手，跟你在一起。”她见我没回话，便继续说，“我选择当罪人。”

“……”我还是说不出话来。

“这是十几年前，你第一次让舞萩舞动时的事。”

她的眼神依然深邃清澈，而且明亮。

“两天后，是那年的七夕，你上台北来找我。”她说，“那时我跟他已经分手了。”

“我完全不知道。”我终于可以说出话了，声音有些干涩。

“下课后你送我回去，沿路上很想告诉你这件事，但一直忍住。走到巷口时，我觉得快说出口了，因此只能催促你快回去，我想一个人走剩下的路。”

“为什么要忍住？”我问。

“因为不能说，也不该说。”

我的思绪飞到那年的七夕夜晚，那盏水银灯照射下的巷口。

虽然过了十几年，但此刻脑海里清楚浮现出她那欲言又止的模样。

“这些年来，我脑海里常常浮现这个画面。”她说，“我想如果当时告诉你这件事，或许我们会在一起，就不会有遗憾了。”

“我真的……”我说，“完全不知道。”

“我知道。”她说，“因为我从没跟任何人提起。”

“你为什么不说呢？”我问。

“不想给你压力。”

“为什么会有压力？”

“如果我说了，你可能会马上做出决定。”她说，“但不管你做什么决定，都会很痛苦。”

我陷入沉思，试着想象如果十几年前她告诉我这件事，

我会如何反应。

应该是一半一半吧，大概是一半的概率会选择跟她在一起。

不，也许概率更高一些，七成吧?

但也有可能，我还是优柔寡断，无法做出选择。

“我从来……”她的语气很坚定，“不想给你任何压力。”

她的想法单纯而坚定，单纯因为我，于是很坚定。

相较于她，我显得复杂而不安。

我突然觉得很惭愧。

“善良是一种选择，我相信你会选择善良。”她的语气变得平和，

“但那时候的你，不管怎么选择，你都会觉得自己不善良。”

“可是你已经……”

“我根本没有选择，就只有你。”她说，“我的心是舞萩，只因为你而舞动。”

我静静地看着她，想象她是一株舞萩。

许多人都会认为舞萩只是一株根本不会动的植物而已，

从没想过舞萩有着人们不知道的感官，而这感官可以让它舞动。

就像我一直认为她总是带点冷漠，从没想过她舞动时如此热情。

“你从台北回去的隔天，我也取消了机票，不出国了。”她说。

“啊？”我大吃一惊。

“既然决定跟你在一起，就不想离你太远。”

“你……”我又惊讶得说不出话来。

“总之我取消了一切，不出国了。”

“可是你不是计划好了吗？”我问。

“计划很重要吗？”

“可是……”

“没什么好可是的。”她打断我，“虽然最后我还是出国了，但我曾经真的放弃过出国。”

关于爱情这东西的轻重，有人用可以为对方抛弃多少来衡量，

有人用可以为对方付出多少来衡量。

或许这些都对，也或许有点不对。

因为有些人在为对方抛弃或付出时，并不觉得自己在抛弃或付出，

只是自然而然地做，发自内心。

她应该就是不觉得自己在抛弃或付出的人，即使已抛弃或付出一切。

因为她是自然而然的，发自内心的。

我也不觉得自己在抛弃或付出，因为我好像根本没什么可抛弃或付出的。

我只是成全了自己的善良而已。

“所以那年你从台北回来后，便告诉我不用再抓爱尔普兰星了？”

“嗯。”她说，“因为你的愿望已经可以实现，只差你愿不愿意让它实现而已。”

“你真的知道我的愿望？”我问。

“应该是跟我在一起吧？”

“对。”

“但你只会抬头看天空，耐心等待爱尔普兰星出现。”她说，“其实你只要伸手抓住我就行了。”

我突然愧悔无地，她像个巨人，我却非常渺小。

如果她有语言表达障碍，那我根本就是有行动表达障碍。

她一直是只为特定的人舞动的舞菽，毫不迟疑、无怨无悔。

而我始终是没有伸手抓住新树藤的猴子，荡来荡去、迟疑不决。

原来真正胆小、没有勇气的人不是她，是我。

“从台北回来后，想找天跟你吃饭，告诉你我不出国了。”她说，

“我只说不出国，其他的我不会说。”

“是我们走最远最久的那次吗？”

“嗯。”她说，“但你说要去澎湖，所以就作罢。”

“你后来还是可以跟我说你不出国啊？”我说。

“没有后来了。”

“嗯？”

“几天后，我重新订机票，半个月后出国。”她说。

“为什么？”

“因为……”

“发生什么事了吗？”

“你们去澎湖了。”

“你们？”我很纳闷。

“你和……”她深深吸了一口气后说，“你的她。”

“啊？”

“不是吗？”

“那次去澎湖只是去参加初中同学会而已。”我有点激动，“她有去没错，但她也是我的初中同学啊。”

“我不知道是初中同学会。”她说，“只知道你和她一起去澎湖。”

“那次是初中同学会，应该有 30 个同学参加，不是只有我和她。”

“那时李玉梅只告诉我，你和她一起去澎湖玩，两天一夜。”

“李玉梅？”我说，“陈佑祥的女友？”

“那时是，”她说，“但几年前就不是了。”

我突然觉得悔恨，当初应该跟她说为什么我要去澎湖。

或者，干脆就不去澎湖了。

“我原本想在生日那晚跟你说，我不出国了。”她说。

“你是 9 月 15 生日没错吧？”

“嗯。”她点点头，“你是从我以前的 MSN 账号猜出来的吧？”

“对。”我说，“因为账号的末四位是 0915。”

“你在我生日那天跟她去澎湖，所以我以为你决定了。”

“我决定什么？”

“就像我决定跟你在一起一样，你决定跟她在一起了。”

我很想辩驳说这是毫无根据的推论，但我完全没有立场。

她可以让林志玲嫁给吴宗宪，也可以放弃出国，
而我做了什么？
不仅什么都没做，还在她生日那天，跟所谓的我的她一起去澎湖。
我还有脸辩驳吗？

“我相信你知道那天是我生日，所以那天我也等着你跟我说声生日快乐。”她说，“但等了整整一天，期待落空。”
“那是因为……”

我说不出因为她跟他同一天生日，所以我觉得尴尬和为难。
“早知道我就不想太多，跟你说声生日快乐就好。”
“人生，没有早知道。只有经历过才知道。”她说。

“这些就是你伤心欲绝的原因？”我叹口气。
“嗯。”她说，“那时以为，你决定跟她在一起，那么我就该离开。所以我最后还是出国了。”
我本想多说些什么，但这已经是十几年前的事了，说再多也没意义。

“在那不到一个月的时间里，我做了两个决定。第一个决定，只要跟你在一起；第二个决定，永远离开你。”她说，“讽刺的是，这两个决定刚好冲突。”
“你其实可以跟我说，你的第二个决定。”
“我有打电话给你，想跟你好好道别，但始终说不出再见。”她说，“最后在 M 栋侧门水池边也一样，‘再见’这两个字始终说不出口。”

“从认识你的第一天开始，即使到现在，我从没听你说过再见。”

“我相信只要说再见，就永远不会再见。”她说，“所以对你，我从来不说再见。”

“你的个性能不能更怪一点？”

“从你认识我的第一天开始，我就是这样。”她说，“现在也是。”

我知道她任性和固执，也知道她脾气算古怪，

但从不知道她为什么总是不说再见。

原来她相信说了再见，就永远不见。

这样也好，或许十几年前正是因为不说再见，反而再见。

“对不起。”她突然说。

“啊？”我吓了一跳，“你从来不会对我说对不起啊？”

“那是因为我从来没有对不起你。”

我心头一震。

“为什么你现在说对不起？”

“总之，对不起。”她说，“因为我后悔了。”

我想起十几年前最后一次见面的场景，在 M 栋侧门水池边。

那时她说：“如果将来我后悔了，我一定会跟你说对不起。”

我一直记得这句，因为她从来不说对不起的特质太鲜明。

“你后悔了？”

“嗯。”她说，“虽然第二个决定是对的，但我后悔了。”

“为什么？”
“我也看过《借物少女艾莉缇》这部动画电影。”她说，“你也已经是我心里的一部分，不可分割，你将永远存在，我无法离开。”

“你后悔这决定？”
“嗯。”她说，“我不该天真地以为能永远离开你，我其实要做的，只是好好跟你道别。”

“其实你不用说对不起。”我说，“即使你后悔了，你仍然像你刚刚说的：‘我从来没有对不起你。’”
“但我承诺过，如果我后悔了，我一定跟你说对不起。”
“你或许有语言表达障碍，但你真的是行动的巨人。”

“然而对于我的第一个决定，我至今仍是无怨，更是无悔。”她说。
她的眼神十分坚定。
我果然游不出她的眼神，更无法在旋涡中上岸。

“我现在还是一个人。”她说。
“我现在，还是有所谓的，我的她。”我说。
“我知道。”
“我却……”我叹口气，“不知道。”
“不要叹气。”她说，“我从来不想给你任何压力。”

她的眼神渐渐变暗，好像电影中影像淡出那样。

“怎么了？”我问。

“我把勇气全部用光了。”

“没关系。”我笑了笑，“你已经说了很多很多，可能把过去十几年没说的，都说完了。”

“可是……”她欲言又止。

“嗯？”

“我一直学不会好好道别。”她说。

我突然惊觉到危险，这句话给我的感觉，

跟十几年前在M栋侧门水池边听她这样说时的感觉很像。

想起刚刚舞萩舞动的样子，她会不会在舞萩第二次舞动时，

又做了个决定？

“你是不是……”我心跳加速，“又做了什么决定？”

她看了我一眼，没有说话，但是缓缓点了点头。

“那么，说吧。”我的心跳得更快了，“是不是决定请我吃饭？”

“你的白目，始终没变。”

“你也始终任性，总是突然做决定。”

“该决定时，就该马上决定。”她说，“其实如果从来没做决定，也是一种决定。”

这句话对我有如当头棒喝，让我仿佛大梦初醒。

“我今天已经把这辈子的勇气，全部用光了。”她说，“从现在开始算，

未来的我，可能永远胆小。”

“你还是试着说吧。”

“我现在根本没勇气说出来。”

“那怎么办？”

“我写信给你吧。”她说，“说会有语言表达障碍，写应该不会吧。”

“你不会又搞出不告而别那一套吧？”

“绝对不会。”

“为什么？”

“因为我们已经没有另一个十四年了。”她说。

我们凝视彼此，时间仿佛冻结了。

场景不断快速切换：M 栋侧门水池边、黄金海岸海堤、沙滩、大菜市包仔王、白色建筑、回转两次的早餐店、她公司楼下、星巴克、云平大楼、下雨时的骑楼末端、她家巷口、7-11 门前……

“该走了。”她打破沉默，也避开凝视。

“嗯。”我说，“我送你。”

“才五分钟的路程而已。”

“即使只有五秒，我也不想让你一个人走。”

我帮她拿着舞萩，然后一起走回巷口，果然是五分钟。

一般我会站在这里看着她的背影，等她的背影消失，再转身离去，

但这次我继续往前，她也没说什么，让我可以多走 20 公尺，

走到她家楼下铁门边。

她拿出钥匙打开铁门，人走进去，我把舞萩还她，她接手，

然后铁门铿锵一声关上，我转身走到我的车旁，开车回去。

这天晚上，我失眠了。

曾经埋葬的所有问号，一一浮现，也得到答案。

那些曾经因为她不告而别所产生的伤和痛，似乎已痊愈，

但我没有恍然大悟、豁然开朗、原来如此的释怀，

只有惭愧、亏欠、内疚和悔恨。

我突然觉得，过去的十几年，与其说她是我的逆鳞，

倒不如说我是她的逆鳞。

我们也终于打破了十几年来的那两个默契，直接说出口。

但她说得很对，从来没做决定，也是一种决定。

从来没做选择，也是一种选择。

面对所谓的决定或选择，她总是毫不犹豫、不计后果与代价。

而从来没做决定或选择的我，以为可以归咎于个性的优柔寡断，

但其实还是做出了决定或选择。

不管我身边有没有另一个人，她对我来说一直是最特别的存在。

毋庸置疑，也无可取代。

以前总觉得我和她是在另一个平行世界里相处，

在真实世界中几乎没有交集，

但重逢至今，交集似乎渐渐变多。

然而在真实世界中，我和所谓的我的她，虽然因工作而分隔两地，

但从大学时代起，就是旁人认定的一对。

如果十几年前不能解开这个难题，那么这难题经过十几年后就更难了。

那么现在的我，能解开吗？

在平行世界里，我和她可以悠游，

但在真实世界中，我必须做出决定或选择。

而在平行世界里从来没做决定或选择的我，

在真实世界中就等于决定或选择了，所谓的我的她。

重逢后不久，我隐约觉得这是老天给的第二次机会，

虽然我从没想过老天会给我们第二次机会。

但有时我也会觉得这不是第二次机会，只是偶发或错乱而已。

我不断挣扎于各种矛盾而复杂的情绪中，再次饱尝思念之苦。

她在我心里的影像越来越清晰，越来越美。

而以前留下的种种遗憾，似乎也因重逢而弥补。

我想抓住她，却始终没伸出手。

我真的有把重逢当第二次机会吗？

日子久了，我开始有种奇怪的想法：

我们重逢的意义，不是老天再给我们一次在一起的机会，
而是让我们好好道别。

今天听她说话时，这种奇怪的想法不断浮现。
我甚至想起《楞严经》上说：
“汝爱我心，我怜汝色。以是因缘，经百千劫，常在缠缚。”

如果我们没有好好道别，仍在平行世界里悠游，
那么我和她之间，不管时间过了多久、不管重逢了多少次，
这个过程都会不断轮回——相遇、相恋、分开。

我又想起那部电影，*Eternal Sunshine of the Spotless Mind*。
即使我和她就像电影中的男女主角一样，因为相爱太痛苦了，
便删去脑中所有关于对方的记忆，
然而某些最美的东西已留在心里，于是我们会不由自主、
像被召唤般同时到一个地方，比方 M 栋侧门水池边。
然后相遇、相识，进而相恋，最后意识到不能在一起而痛苦不堪，
又动了想删除记忆的念头。

如果又删除一次关于对方的记忆，之后的过程还是会再来一次。
这也是一种轮回吧？

或许在真实世界中，我应该找一个可以一起生活的人去爱，
她找一个她爱的人一起生活。

可能我们都会失败，我到最后还是不爱跟我共同生活的人，

而她始终无法跟她爱的人共同生活。

虽然感觉有点悲哀，但起码不再活在虚幻的平行世界里，

而是回到真实世界中。

我就这样整晚乱想，直到天亮后下床准备上班。

虽然没有得出结论，但那个奇怪的想法始终盘踞在心。

我们重逢的意义，真的是让我们好好道别吗？

下班后回到家，那个奇怪的想法还在，挥也挥不去、赶也赶不走。

很想 Line 她或打手机给她，但发觉我的心里空空的，

根本不知道要跟她说什么，

只好躺在床上补觉，一躺下便睡着了。

直到半夜三点醒过来，收到她寄来的 E-mail。

很久没有写信给你，久到我不忍计算。

所谓写信，不是只字词组，是很多话要说的那种。

我真的，有很多话想说，只是不知从何起头。

没想到过了这些年，

表达障碍仍然执着地停在原地不肯和年龄一起精进。

请原谅，我常用那样低的温度回应。

能不能，请你试着了解，

要把千回百转的心里话说出来需要多大的勇气。

冰火之间，我仍然无能为力，对你。

从前的我们，仿佛对着模糊的镜子观看彼此。
时间让镜子中的影像变得清晰，心中的意念也越发确定。
我决定，不要再留遗憾。

你知道，我很不喜欢假设性的问题，觉得不切实际。
年纪长了，变与不变，超乎我的预期。
例如：如果可以改变，你最想改变哪一个阶段？
这很难，因为有好多好多，所有不愉快我都想丢掉，然后重新开始。
有哪一个部分你不想改变？

我，竟然，只想到你。

你的出现，在我摇摇欲坠地面对与逃避间，
是无可动摇的神木。

如果可以选择删除生命的记忆，
那么，有你的这一段，不换。

如果可以选择改变生命的记忆，
那么，有你的这一段，不换。

即使，代价是必须背负不能说出口的遗憾，

我也不换。

我曾经紧抿我的唇和心，不泄露一丝和你有关的期待，
因为不愿看你为难。
时间、环境都没能改变我的初心。
经过了这些年，我可以笃定地和命运之神说：
这是最自在又丰富的一段，我坚决不换。

如果这一生，你可以拥有一次真正的爱情，遇见那个真正懂你的人，
代价是它来得太晚，也无法长久拥有，还得背负罪恶感，
伴随而来的是无论时间过了多久，所有酸甜苦辣的片段，
仍旧常突袭心头，揪紧你的心，但是你不能联络、无法见面，
甚至不知道那个人在哪里。
你愿意吗？

我愿意，而且不换。

你不知道，再次联系，我祈求了多少年。
当我间接知道你过得不如意，我如何能袖手旁观？
即使代价是不能再联络，我依然，往你的方向启航。
于是，我出现了。

好久不见，我的想念。

记住是不容易的，所以需要记事本、行事历、App 软件帮助记忆。
经过岁月的淬炼，值得记忆的，已铭刻在心。
一个场景、一条街、一抹落日、一道彩虹，就可以轻易地唤起。
所以忘记更难。

再远的距离，都能联结彼此两端。
想念的线，系起黑夜白天。
禁锢多年的文字，在这个时刻，终获自由。
那些未曾减缓的牵挂，一并附上。
和你的记忆，是此生最隽永的音符篇章。
不可替换，也坚决不换。

在我心里，那个无可取代、毋庸置疑的位置，就是你的。
唯有你，可以打开我紧闭的心门，让我舞动。
唯有在你面前，我可以为所欲为，恣意绽放我的每一种样子，
除了想念。

我真的以为，此生不会再见面。
我不断向老天祈求，如果可以，只要给我喝完一杯抹茶的时间，
我便心满意足。
而老天所给的，超乎我的所求所想，足足有半年之久。
能在生活中，真实地有交集，就很圆满。
曾经盘旋不去的遗憾，在这些重逢的对话中，已找到升华的方向。

所谓的重逢，是再给一次机会的意思吗?

不是，是老天挪去遗憾的重担，让我们可以重新得力，
继续人生的下半场。

重逢是为了好好道别。

小苹

以前那两个像誓言般严格遵守的默契，因为重逢而打破。

没想到重逢后，我们竟然又有了一个新的默契，也是最后的默契：

我们重逢的意义，不是老天再给我们一次在一起的机会，

而是让我们好好道别。

三天后，刚好是中秋节，还遇到连假。

我开车回老家过中秋。

昨天莫兰蒂台风来袭，市政府宣布上午照常上班，下午才停班停课。

但风雨跟我的习惯一样，总是提早到，所以昨天中午便风雨交加。

中午下班开车时，在直行路段看见一个欧巴桑骑机车突然向右转，

结果摔车。

我赶紧停车，下车去扶她起来，风雨真的好大。

我问欧巴桑，明明只能直行，为什么她却突然右转？

她说，她是要直行没错，但人在风中，身不由己。

嗯，很有智慧的一段话，看来跟人在江湖一样。

她还说她算幸运的，她看到有人骑机车本想左转结果却变成右转。

嗯，看来刚刚摔车，她头部或许有撞到。

今天早上风势已减缓，但雨还是不停下着，直到快中午才停。

雨停后我开车回老家，才刚开上高速公路，手机便响起。

戴上耳机，按下接听键。

“方便说话吗？”她问。

“可以。”我说。

“你现在可以看到彩虹吗？”

透过挡风玻璃，我马上看到右上角的天空挂着一道彩虹。

“如果我说没看到呢？”我说，“你会马上挂电话吗？”

“不会。”她说，“我会叫你赶快出门抬头看天空。”

“嗯，其实我正在看彩虹。”

“我也是。”她笑了起来，“这彩虹很美。”

我真的好喜欢听她的声音，真的。尤其是笑声。

“先不要说话，一起看彩虹三分钟，再说话。”她说。

“好。”

“一起哦。”

“嗯。”

我在高速公路直行往北，静静欣赏挂在挡风玻璃右上方的彩虹。

耳边是她细微的呼吸声，我有种幸福的满足感。

过了六分钟后，她才开口：“可以说话了。”

我心想，她连这个都会迟到。

“好像什么都会改变，还好生日不会变。”我说，“生日快乐。”

“谢谢。”她又笑了起来。

“今天是中秋节，算你厉害。”

“就刚好而已。”她还在笑。

我真的好喜欢、好喜欢听她的笑声，希望她以后都能这样笑着。

“啊？”她停止笑声后，我惊呼一声。

“怎么了？”

“你该不会是嫦娥吧？”我说，“嫦娥不都是在中秋赶着回月亮吃生日蛋糕吗？”

“你真的很白目。”她又开始笑了。

“说真的，”她停止笑，“我想跟你说一句话。”

“请说。”

“好久不见。”她说。

“为什么要说这句？”我问。

“因为重逢后到现在都没说过，照理说应该在重逢的瞬间说的。”

“你信上有说了。”

“那不算，要亲口说才算。”她说，“所以……”

“好久不见。”她又说。

“嗯。”我说，“好久不见。”

“你有感觉到我的微笑吗？”

“有。”

“嗯。”她说，“在分离的那段时间，我常想如果有天跟你重逢了，我第一句话要说什么。”

“那时有想出来吗？”

“有。”她说，“就是我要带着微笑，跟你说：‘好久不见。’”

“你之前一直没说这句，会觉得遗憾？”

“不是遗憾。”她又笑了，“是很遗憾。”

我笑了起来。我想她应该有感染到我的白目。

“我也想跟你说，我又开始抬头看天空找爱尔普兰星了。”

“还是许同样的愿望？”

“不是。那个愿望已经不能实现了，因为跟你说了。”

“有吗？”

“那天你说我的愿望应该是跟你在一起，我回答：‘对。’”我说，“所以就破功了。”

“真可惜。”她说。

“嗯。”我说，“我也觉得真可惜。”

我们同时沉默，应该都在惋惜一件美好的事已经不能发生了吧。

“那你这次会许什么愿望？”她问。

“如果抓完 100 颗爱尔普兰星，或许会再跟你重逢吧。”

“还要再重逢吗？”

“嗯。”我说，“那时我们应该都老了，一定更有智慧处理。”

“我想起一部电影，*Eternal Sunshine of the Spotless Mind*。”

“真巧。”我说，“我也看过。”

“那太好了，我不用先解释一堆剧情。”

“嗯。”我说，“你想起那部电影，然后呢？”

“如果我们又重逢，再经历同样的喜乐和磨难，最后很可能也走向同样的分离结局。”她说，“那么你还想再重逢吗？”

“我 OK。”我毫不犹豫。

“我也 OK。”她也毫不迟疑。

彩虹还是高挂在天空，美得令人心醉。

“那么……”她拉长尾音。

“嗯？”

“再见了。”她说。

我的视线突然一片模糊，看不到彩虹了。

总有一个人，会一直住在心底，却消失在生活里。

对我而言，她就是这个人。

对她而言，我应该也是那个人吧。

“再见了。小苹。”

写在《不换》之后

《不换》这本书约 10 万字，想动笔是 2015 年 7 月的事。

但真正开始动笔，在一年后，即 2016 年 7 月初。

然后写了 3 个月才完成。

离完成上一本《阿尼玛》，已超过三年。

这三年多来，我一个字都没写。

所以动笔之初很卡，甚至完全忘记写作的感觉，

忘记自己好歹也曾写过十几本书。

还好我已经可以专心写作，因为我告别了九年的大学老师生涯，

离开学校。

用专心来弥补早已生疏的手和脑，结果刚好。

于是这本的写作速度几乎和以前一样。

菩萨有“逆行”的法门。

凡是打击你、压迫你、刺激你、欺负侮辱你、使你爬不起来的人，

都可能是逆行的菩萨。

我很感谢我的逆行菩萨，让我离开学校，可以专心写作。

《不换》这个故事算简单，人物更简单，从头到尾只有两个人在说话。

原本想设定的主要角色有三个，再加上几个次要角色，

但一下笔，便决定只用两个角色写完整本。

而过去的时间轴和现在的时间轴概念，倒跟原先设定一样。

这故事可以过去、现在交替阅读，也可以先把过去发生的看完，

再看现在。

我年纪大了，行文难免啰唆和碎碎念，请你别介意。

“重逢是为了好好道别”这个概念，在书中走了半年才显现。

我们都该学会好好道别，学会放手。

总有一个人，可以一直住在心底，却消失在生活里。

《不换》的写作过程中，我不断摸索写作的感觉，

也常问自己：我以前写作时，除了作品外，还想什么？

后来才想起来，我以前写作时，脑子里只有作品。

而写完最后一个字的瞬间，心里只觉得：噢？写完了吗？

不像以前，即使个性再怎么内敛，至少也会握紧拳头低喊一声：“耶！”

或许我早已遗忘写作的感觉，甚至遗忘自己是写作者的事实，

但有个东西我已铭记在心，从未遗忘，
那就是我曾在《蝙蝠》后记里提到的那段话：

处在这个变动剧烈的时代中，笃信的价值观或许会动摇，
但我认为自己并未改变，我依然只是个写小说的人而已。
我喜欢简单写、单纯写，对文学价值没有强烈的企图心。
我只希望能保有写作者那颗最初也最完整的心。
那就是文字本身，那就是故事本身。
那就是写作者心中那处明亮的地方。
而我只是很努力、很努力地将那种亮度带给你而已。

不管我的文字风格、写作手法等是否有所改变，
我写作的初心，还是完整而不变的。

只是，我曾经放弃了写作。
因为觉得够了、累了，想放弃写作者的角色，做个单纯的老师，
或者什么角色都好，只要不写就好。
虽然还有一些东西可以写，但我已不想写，也觉得写不出来了。

所以谢谢你。
拥有深邃明亮眼神的你，具有完美四分之三侧面的你，
在我眼里和心里都是光滑而圆的地球的你。
是你赋予我写作的意义，并让我重新拥有写作的力量、决心和勇气。

对你，请原谅我也有语言表达障碍——

内心越汹涌，写下的文字越淡然。

内心的情感总是沛然莫之能御，表达的文字却平淡无奇。

总有一个人，只要一句话语，或一个眼神，

就可以给你满满的力量和勇气。

如果这样的人出现在生命中，那么即使给我全世界，

我也不换。

有你的这一段，即使总是苦多于甜、磨难多于喜乐、分离多于相聚，

即使总是毫无默契多于心有灵犀，

即使总是狂风暴雨多于风和日丽……

我也坚决不换。

蔡智恒

2016 年 10 月于台南

图书在版编目（CIP）数据

不换 / 蔡智恒著. — 北京 ：九州出版社，2017.7
ISBN 978-7-5108-5676-1

Ⅰ. ①不… Ⅱ. ①蔡… Ⅲ. ①长篇小说－中国－当代
Ⅳ. ①I247.5

中国版本图书馆CIP数据核字(2017)第174841号

版权登记号：01-2017-5252

不　换

作　　者　蔡智恒　著
出版发行　九州出版社
地　　址　北京市西城区阜外大街甲35号（100037）
发行电话　(010)68992190/3/5/6
网　　址　www.jiuzhoupress.com
电子信箱　jiuzhou@jiuzhoupress.com
印　　刷　北京嘉业印刷厂
开　　本　880毫米×1230毫米　32开
印　　张　9.5
字　　数　198千字
版　　次　2018年3月第1版
印　　次　2018年3月第1次印刷
书　　号　ISBN 978-7-5108-5676-1
定　　价　42.00元